COLLECTION FOLIO

Marie-Hélène Lafon

Nos vies

Gallimard

© *Libella*, 2017.

Originaire du Cantal, Marie-Hélène Lafon est professeur de lettres classiques à Paris. Son premier roman, *Le soir du chien*, a reçu le prix Renaudot des lycéens. Elle est l'auteur, entre autres ouvrages, de *Mo*, *Organes*, *Les derniers Indiens*, *L'Annonce*, prix Page des libraires 2010, *Les pays*, *Joseph* et *Nos vies*.

À Jacques Truphémus

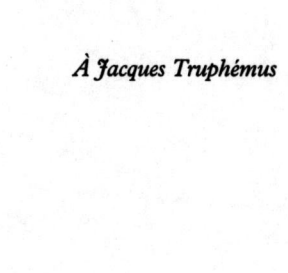

« Je dois être corps dedans. »
Jacques Truphémus

Elle s'appelle Gordana. Elle est blonde. Blonde âcre, à force de vouloir, les cheveux rêches. Entre les racines noires des cheveux teints, la peau est blanche, pâle, elle luit, et le regard se détourne du crâne de Gordana, comme s'il avait surpris et arraché d'elle, à son insu, une part très intime. Sa bouche est fermée sur ses dents. Elle s'obstine, le buste court et têtu, très légèrement incliné, sa tête menue dans l'axe. On devine des dents puissantes, massives, embusquées derrière les lèvres minces et roses. Le sourire de Gordana éclaterait comme un pétard de 14 Juillet. On ne la voit pas sourire. On imagine. On reste au bord de ce que doit être ailleurs, dans une autre vie, le sourire dégoupillé de Gordana. Et son rire. Un rire de gorge, grave, rauque, presque catastrophique. Un rire acrobatique et très sexuel. Le cou de Gordana est long, crémeux, solide, charnu. Ce cou habité de forces impérieuses la plante dans la vie comme un arbre en terre. Les pulls sommaires de Gordana, encolure ronde ou en V, dégagent son cou, pièce maîtresse d'un corps qui ne manque pas d'atouts canoniques. Les cuisses sont longues, minces, galbées, d'un jet dru. Elles reposent à plat, moulées dans le jean, posées l'une à côté de l'autre, en immuable oblation. Gordana ne croise pas les jambes, la position deviendrait intenable. Elle se tient droite, la blouse, courte rouge gansée de blanc, ouverte sur ces cuisses efficaces. Et que dire des seins. La blouse fermée n'y suffirait pas. Ils abondent. Ils échappent à l'entendement ; ni chastes ni turgescents ; on ne saurait ni les qualifier, ni les contenir, ni les résumer. Les seins de Gordana ne pardonnent pas, ils dépassent la mesure, franchissent les limites, ne nous épargnent pas, ne nous épargnent rien, ne ménagent personne, heurtent les sensibilités des spectateurs, sèment la zizanie, n'ont aucun respect ni aucune éducation. Ils ne souffrent ni dissidence ni résistance. Ils vous ôtent toute contenance. On se tient devant eux, on voudrait penser aux produits, faire les gestes dans l'ordre, sortir déposer ranger, vider remplir, la carte le code. On s'efforce on se rassemble on s'applique, tous, plus ou moins, femmes et hommes, vieux et jeunes et moyennâgés ; mais ça traverse, ça suinte, c'est organique. C'est une lueur tenace et nacrée qui sourdrait à travers les tissus, émanerait, envers et contre tout, de cette chair inouïe, inimaginable et parfaitement tiède, opalescente et suave, dense et moelleuse. On aimerait se recueillir, on fermerait les yeux, on joindrait les mains, on déviderait des litanies éperdues, on humerait des saveurs, des goûts, des grains, des consistances, des fragrances ténues ou lancinantes. On y perdrait son latin et le sens commun. Les seins de Gordana jaillissent, considérables et sûrs, dardés. C'est un dur giron de femme jeune et cuirassée.

Cuirassée parce que la vie est difficile. Gordana n'a pas trente ans. Son corps sue l'adversité et la fatigue ancienne. Le monde lui résiste ; rien ne lui fut donné, ni à elle ni à celles et ceux qui l'ont précédée, l'ont fabriquée et jetée là, en caisse quatre, au Franprix du numéro 93 de la rue du Rendez-Vous dans le douzième arrondissement de Paris. Le corps de Gordana, sa voix, son accent, son prénom, son maintien viennent de loin, des frontières refusées, des exils forcés, des saccages de l'histoire qui écrase les vies à grands coups de traités plus ou moins hâtivement ficelés. On ne sait pas où Gordana fut petite fille. Je suppose la fin des années quatre-vingt, l'est de l'Est, et les ultimes convulsions de républiques très moribondes. On suppute des faubourgs sommaires, des frères et des sœurs, des plus jeunes et des plus âgés, un père long de visage et long de jambes, les yeux clairs, les dents tôt gâtées, une mère inépuisable et harassée, l'école qui ne suffit pas à sauver, l'une de ces langues rugueuses que l'on dit minoritaires, des chansons en anglais et, très tôt, des rêves d'ailleurs. Gordana aurait eu quatre ou cinq ans, des nattes maigres nouées de rubans verts, un torse étroit, les jambes déjà longues, un air de guingois, et les yeux baissés sur le trésor frémissant qu'abrite le creux de ses bras arrondis, un chiot au museau carré et blanc, pas fini, comme elle, pas tout à fait arraché aux limbes ni tiré d'affaire. Une arrière-cour écrasée de soleil gris, derrière Gordana de vagues clapiers, et, à sa gauche, le bras fort et nu d'une femme que l'on devine vieille, rompue aux travaux qui broient les corps et les plient, une grand-mère peut-être. On ne voit pas les pieds de Gordana, que la photo coupe. Des couleurs délavées, une bande de ciel pâle, la jupe imprimée, du marron du vert encore, mêlés, le polo blanc sans manches, un jour d'été très enfui, de la lumière, de la chaleur dure, brutale, et cette portée de chiots que la mère délivrée n'aurait pas défendus, se bornant à laisser le rescapé, le choisi, l'élu au museau carré fourrager entre ses mamelles rosâtres et gonflées. J'ai vu la photo, je l'ai ramassée, elle était tombée, avec deux autres, du portefeuille de Gordana ; je l'ai regardée, j'ai reconnu Gordana qui ne savait pas que son portefeuille avait glissé sous la caisse, répandant une partie de son contenu ; je l'ai reconnue au cou long, à l'arrondi du menton. J'ai tout vu, tout retenu, le temps de retourner une deuxième photo, de l'apprendre aussi, et de rendre à Gordana, qui en avait terminé avec la cliente précédente, le portefeuille remis en ordre.

J'ai l'œil, je n'oublie à peu près rien, ce que j'ai oublié, je l'invente. J'ai toujours fait ça, comme ça, c'était mon rôle dans la famille, jusqu'à la mort de grand-mère Lucie, la vraie mort, la seconde. Elle ne voulait personne d'autre pour lui raconter, elle disait qu'avec moi elle voyait mieux qu'avant son attaque. Elle appelait son attaque le jour de sa première mort ; elle était gaie, pas accablée du tout, vive, débarrassée, elle disait ça aussi, débarrassée. Je ne lui demandais pas de quoi, peut-être de ces années vides qui avaient coulé entre la mort de son mari et sa maladie, à peine huit années en fait mais quatre-vingt-quatorze mois, pour rien ni personne, c'était son expression, même si elle ne se plaignait pas ; rien ni personne, sa fille unique en allée dans un pays perdu du côté de Moulins, rivée à la tâche entre trois nourrissons et une épicerie de campagne, et son Augustin mort, son Augustin, la crème des hommes, une fleur du paradis, un athlète de la vie, un virtuose de chaque jour, du vif-argent, le roi de la betterave et de l'endive ; ce grand-père avait été, comme son père et son grand-père avant lui, régisseur d'un fort domaine agricole dans le département du Pas-de-Calais, et probablement meilleur époux que père ; ma mère n'en disait pas grand-chose, sinon qu'il ne se consolait pas de n'avoir pas eu de fils pour reprendre le flambeau et continuer la lignée. Flambeau et lignée revenaient aussi dans les récits de grand-mère Lucie qui riait doucement des caduques espérances de son Augustin. Je riais avec elle, même si je ne comprenais pas tout de ces histoires anciennes ; très tôt j'ai seulement senti un vertige derrière certains silences où s'étaient englouties pour toujours les années des deux guerres et aussi la rencontre de mes parents, sans doute à Nevers où vivait alors la marraine de ma mère, haute figure d'institutrice retraitée et célibataire, morte en 1942, que mes frères et moi n'avons pas connue. Grand-mère Lucie m'appelait sa poulette, ou michonne, ou la sucrée quand j'ai attrapé quinze ou seize ans et qu'elle a cru que je devenais jolie, que je plairais aux garçons, qu'ils me plairaient aussi, que je serais amoureuse. Elle croyait ce que croient, ce que veulent croire les grands-mères quand elles sont rieuses et aveugles, et que leur petite-fille, la seule l'unique, attrape quinze ans. Les autres petits-enfants sont des petits-fils, plus oublieux et virevoltants, moins prompts à venir s'asseoir sur le fauteuil bas à côté de la grand-mère encalminée pour toujours devant la fenêtre, moins habiles à faire exister les choses, les bêtes et les gens pour toujours dérobés, enfoncés dans le noir. Elle disait que ça n'était pas le noir, elle parlait d'une sorte de kaléidoscope, ça remuait, des lueurs, ou des luisances, des vagues verticales comme un rideau de pluie dans le brouillard. Personne ne pouvait savoir ce qu'il y avait de l'autre côté de la première mort de grand-mère Lucie. J'étudiais le latin, je pensais que la lumière était réfugiée toute dans son prénom, et dans une poignée de mots qui lui allaient bien, lucide, luciole. J'ai appris à regarder pour elle et à me souvenir pour faire moisson et brassées, et tout réinventer. Je n'ai jamais perdu la main, en plus de quarante ans.

Gordana a peut-être eu un enfant. Sur la deuxième photo elle tient un nourrisson de trois ou quatre mois, rose et nu, c'est un garçon. Elle le brandit plus qu'elle ne le tient, il a les yeux ouverts et très grands, clairs, d'un gris noyé. Les seins de Gordana remplissent la photo, ils éclatent, ils fulgurent, moulés de rouge brillant. Les bras sont minces et les mains longues sur la poitrine de l'enfant. Les cheveux sont épais, taillés à la sauvage sur le front et les oreilles. Gordana pourrait avoir dix-huit ou trente ans, ou plus, ou moins ; elle n'habite pas son corps, elle se prête. Elle est à côté, on la croise, on l'effleure, ça cogne ou ça flotte. L'enfant serait là-bas, resté dans le monde ancien, chez une grand-mère ou une tante dévolue à cette tâche du gardiennage des enfants laissés. Il aurait sept ou huit ans, le menton pointu, et ne sourirait pas sur les photos. Gordana enverrait de l'argent, chaque mois, téléphonerait une ou deux fois par semaine, parlerait un peu au garçon qui ne saurait pas comment raconter à cette mère les jeux de l'école, la neige des hivers, et l'attente vague, et l'ennui mou des soirs avec les cousins devant la télévision. Les photos de Gordana ont été avalées, radiographiées, englouties, deux sur les trois. Je n'ai pas eu le temps de retourner la troisième. Gordana n'a pas souri quand je lui ai tendu et rendu son portefeuille. Elle me connaît, je passe toujours avec elle, deux fois par semaine, le mardi et le vendredi. Elle a remercié, rogue et protocolaire, et s'est affairée, les mains dans les marchandises. Les doigts longs de Gordana exécutent, ses ongles sont roses, elle fait les gestes, son regard est impossible, elle ne voit pas les personnes et ne veut pas les voir. Elle n'en a pas les moyens, ce serait un luxe insensé, c'est bon pour les autres, les natifs, les légitimes qui n'ont pas à se battre pour tout et habitent chaque seconde de leur pays, de leur langue, sans même y penser. Gordana calcule et s'économise, d'instinct, elle a dû commencer très tôt, elle s'économise pour durer, tenir et surmonter. Elle est preste, prompte, elle accomplit la tâche en grande vaillance, seule sa voix renâcle imperceptiblement et peine à s'extirper au moment de dire bonjour, de dire au revoir, ou d'annoncer le montant total des achats, quand on le lui demande, si on se risque à le lui demander, ou quand elle doit répondre à une question sur un produit, sur un prix, ou une promotion. Elle se tient à l'abri de son accent qui ne chante pas du tout, qui écorche et racle et crisse. Toute parole violente Gordana, l'assiège, se heurte à l'éclat adamantin de son cou blanc et s'écrase avec un bruit mou contre la carapace de sa poitrine.

L'homme est encore jeune. La quarantaine. Petit tassé ramassé, et puissant. Je l'ai remarqué depuis que je suis à la retraite et que je viens comme lui, le vendredi, en milieu de matinée, au plus tard vers dix heures et demie ou onze heures. Je ne l'avais jamais vu auparavant, ni dans le magasin ni dans le quartier. Il doit habiter ailleurs. Il ne prend pas de panier, ni de caddie, ni de sac d'aucune sorte. Il n'est pas muni. Il empoigne les choses, les tient serrées contre lui, contre son ventre, sa poitrine, son torse, comme si sa vie en dépendait. Les choses lui obéissent, ça ne tombe pas, ça ne déborde pas. Ce sont des courses d'homme qu'il ferait pour quelqu'un d'autre, un père ou un oncle âgé et empêché qu'il visiterait une fois par semaine, son jour de repos, le vendredi, dans ce quartier éloigné du sien. Un oncle, qui serait son parrain en même temps, le frère très aîné de sa mère, un homme de quatre-vingt-dix-sept ans qui vivrait encore chez lui, tout sec et amenuisé mais chez lui. Un oncle, pas un père, pas une mère non plus, pas une femme en tout cas d'après les produits qu'il achète. Son père et sa mère seraient morts, depuis quelques années déjà, il aurait été un enfant de vieux, et fils unique.

L'homme habiterait seul, après un divorce, il aurait quarante-deux ans et pas d'enfants. Il n'aurait pas voulu d'enfants et sa femme l'aurait quitté pour aller en faire avec un autre homme ; pas seulement pour ça mais aussi pour ça. Cette femme ne lui manquerait pas, elle aurait voulu partir, elle aurait pleuré, réclamé des explications, cherché à comprendre et crié, contre lui contre son inertie son égoïsme son silence ses grands airs et tout son tralala de ceinture noire de karaté, contre le club et l'entraînement des jeunes qui prenait trois soirées par semaine, sans compter les compétitions, le samedi ou le dimanche, aux quatre coins de la banlieue quand ce n'était pas à l'autre bout de la France. Plus facile de se faire admirer et respecter par les enfants des autres que d'en aimer et d'en élever soi-même. Il passerait beaucoup de temps au club, et au travail, à Orly, dans les avions, la mécanique, la maintenance au sol ; une bonne équipe, surtout avec Rémi et Didier qui étaient entrés la même année que lui, à vingt et un ans, après l'armée. Presque vingt-cinq ans dans le ventre des avions, pas vraiment un rêve d'enfant pour lui, un peu un hasard. J'invente tout de cet homme, je sais son roman par cœur, je le déroule. J'ai toujours fait ça, au pensionnat, à Moulins, je racontais à voix haute sous le préau l'hiver entre le repas et l'étude, on avait une demi-heure, on se tenait chaud à quatre, dans le noir. Les autres filles réclamaient la suite du feuilleton, elles y pensaient le soir dans leur lit avant de s'endormir et me demandaient où j'allais chercher mes inventions. Elles ne comprenaient pas que je sois meilleure en mathématiques qu'en rédaction. Elles n'ont pas compris non plus quand, après le bac, j'ai commencé des études de comptabilité à Paris dans une école privée vivement conseillée par les plus proches amis de mes parents, les Demy ; ensuite j'ai laissé les choses se défaire entre nous. Je n'aimais pas recevoir des lettres, il aurait fallu répondre, il ne s'agissait plus d'inventer et je n'avais rien à dire. De loin en loin, par ma mère ou par mes belles-sœurs, j'ai su ce qu'elles devenaient. Elles avaient souvent quitté la région, avaient des métiers, des maris, des enfants ; ici un divorce, là une maladie, rien de rare. Nos vies ont coulé, les leurs et la mienne. À Paris, dans le métro, pendant quarante ans, j'ai happé des visages, des silhouettes de femmes ou d'hommes que je ne reverrais pas, et j'ai brodé, j'ai caracolé en dedans, à fond, mine de rien, ligne six ou ligne quatre, quinze ou vingt minutes aller et retour matin et soir cinq fois par semaine, sans compter le temps des trajets qui n'avaient rien à voir avec le bureau ; pendant quarante ans je me suis enfoncée dans le labyrinthe des vies flairées, humées, nouées, esquissées, comme d'autres eussent crayonné, penchés sur un carnet à spirale.

Je n'imagine pas un autre métier pour Gordana. Je n'imagine rien. Je ne la vois pas, je ne devine pas ses gestes. Elle ne place pas les produits dans les rayons, on ne la croise jamais dans le magasin. Je ne sais pas comment son corps se pencherait pour empoigner des cartons de marchandises, ni comment elle serait employée en boulangerie, ou aide-soignante, ou vendeuse de fruits et légumes sur les marchés, ou conductrice de métro. Quoique. Conductrice de métro serait possible. Elle s'enfoncerait dans le boyau noir piqueté de lumières. Elle ne parlerait pas dans le micro sauf quand elle serait contrainte d'annoncer un incident voyageur à la station Parmentier ou une attente de quelques minutes pour régulation du trafic. Les voyageurs seraient mécontents parce qu'ils n'auraient rien compris à cause de l'accent de la conductrice, ou du conducteur; ils ne seraient même pas sûrs que ce soit une femme, certains penseraient à vérifier et jetteraient un coup d'œil sur la gauche en dépassant le wagon de tête à la sortie, mais ils n'oseraient pas parler à cette blonde férocement assise dans la cabine de conduite, et se contenteraient de penser que la RATP pourrait tout de même veiller à ce que l'accent de ses agents ne gêne pas la compréhension des annonces destinées au public. Gordana préférerait les services extrêmes, tôt le matin ou tard le soir, elle ne déjeunerait jamais à la cantine et n'engagerait aucune relation personnelle avec ses collègues, ou le moins possible. Gordana refuse, elle ne commence pas, ou ne recommence pas. La capacité de recommencement des femmes, et des hommes parfois, me terrasse, et m'émeut. C'est là, c'est donné, il suffit de regarder et d'écouter. Les femmes surtout, certaines, comme elles sont vaillantes, comme elles veulent y croire, et paient de leur personne, de tout leur corps qui fabrique les enfants, et les nourrit ; et elles se penchent, vêtent, nouent les écharpes, ajustent les manteaux, consolent vérifient admonestent caressent, ça ne finit pas. Comme elles sont dévorées et y consentent ou n'y consentent pas ou n'y consentent plus mais peuvent encore, font encore, parce qu'il le faut et que quelque chose en elles résiste, continue. C'est chaque jour et au bout des jours ça fait une vie. J'ai compté ça, j'ai compté le nombre d'écharpes nouées, de goûters glissés dans les cartables en cinq années d'école primaire à raison de deux enfants par femme. J'ai toujours aimé ces calculs incongrus, calculs mentaux, le poids des yaourts transportés pour la consommation d'une famille de quatre personnes en un an à raison d'un yaourt par jour et par personne, et de cent vingt-cinq grammes par pot de yaourt blanc brassé ordinaire.

Je bute sur le prénom de l'homme sombre, ça résiste, peut-être à cause du corps, du teint bistre, des cheveux annelés, drus, de la nuque charnue, et des mains aux ongles courts et bombés, très soignées. Les traits sont mélangés, opaques. Il pourrait être d'origine portugaise, ou espagnole. J'hésite ; André, ou Bruno, ou Claude. En troisième j'ai été amoureuse d'un garçon qui s'appelait Bruno, il était ténébreux et maigre et voulait devenir prêtre comme son oncle qui enseignait la philosophie et portait soutane. André et Gordana, Gordana et Claude, ça sonne, ça claque tendre, c'est un début. Gordana et Claude reviennent des Canaries, ou de Barcelone. Claude enseigne le karaté à Gordana, elle est très douée. Ils ne sont abonnés à aucun journal et regardent seulement les informations à la télé le soir, ça leur suffit. Ils partagent aisément les tâches, il s'occupe des courses et de la cuisine, elle se charge du ménage et du linge. Elle n'a pas prétendu, comme font souvent les femmes, révolutionner sa garde-robe d'homme seul et n'a rien trouvé à redire. Gordana ne veut pas emmener Claude dans sa famille, c'est trop loin, et compliqué. Il pense qu'elle n'a pas envie, qu'elle n'est pas prête, et il n'insiste pas. Gordana et Claude se taisent beaucoup ensemble. Ils ont acheté un canapé, en cuir marron, non convertible, et Gordana a arrêté de fumer. Gordana a fumé, beaucoup, longtemps, violemment, à la goulue, fumé profond. Pas distingué, pas évanescent. Pas en volutes fluides. Ses mains ne furent pas languides. Elle a fumé féroce, à l'arrache. Ses joues se sont creusées. Elle a tout avalé, tout gardé, en dedans, pour se crépir le corps de l'intérieur, pour n'en rien perdre et se tenir chaud et n'être plus au monde. Elle n'a pas roulé ses cigarettes. Trop long, trop minutieux, trop emberlificoté. Elle aurait commencé à quinze ans, avec un garçon de là-bas, plus vieux qu'elle ; il avait quitté l'école et voulait entrer dans l'armée. Il touchait ses seins qui avaient surgi l'année précédente, en quelques mois. Elle s'était habituée, on s'y attendait autour d'elle, les femmes de sa famille, sa mère sa grand-mère ses tantes, des sœurs aînées peut-être, avaient connu ça, la brusque poussée, la tardive et cataclysmique éruption. Et aussitôt le regard aimanté des mâles, tous, les vieux les jeunes, les possibles et les impossibles, les longs maigres et les courts suiffés, les très ordinaires qui n'oseront pas et les très remarquables qui vous foudroient d'un œil souverain, tous, confinés dans leur viande et nantis du fatidique instrument. Le garçon qui touchait les seins de Gordana était parti soldat et lui avait écrit deux fois. Ensuite elle n'avait plus reçu de nouvelles et avait connu d'autres hommes.

La retraite c'est une question de discipline. Il faut faire attention, se lever à heures régulières, ne pas rester en pyjama toute la matinée, sortir pour les courses avec une liste et le caddie puisque, maintenant, on a le temps, mais ne pas laisser les travaux domestiques se dilater et manger la vie. Je m'applique, je cherche le bon rythme, les mois et les semaines galopent. J'ai repéré l'homme en décembre dernier. Il était devant moi, en caisse quatre, la caisse de Gordana. Il avait payé avec un billet de cinquante euros qu'elle avait toisé un bref instant, le palpant d'un air dubitatif, avant de l'enfourner dans son tiroir à compartiments et de lui rendre la monnaie, deux billets de dix, un de cinq, et une poignée de pièces. L'homme tendait la main, j'avais remarqué d'abord ça, la main brune, large et forte, une main efficace, retournée, creusée en un geste d'enfance et d'attente ; Gordana avait dédaigné cette main, ne l'avait pas considérée. Elle avait répandu l'argent dans un creux de plastique moulé, prévu à cet effet sur le rebord haut de la caisse, ergonomique et protocolaire, conçu et étudié pour que l'argent puisse circuler sans que les peaux se touchent, sans échanger les sucs et les sueurs, sans mélange et sans caresse, sans effleurer et sans frémir. L'homme mendiait, il mendiait le regard de Gordana et l'onction de ses doigts efficaces. Le geste de l'homme m'a transpercée, son geste de suppliant noble et transi. Le supermarché me rend sentimentale. Ça m'est venu sur le tard, après quarante ans, et j'ai aimé ce vague prurit suscité par les chansons, toujours les mêmes, dont les paroles tournent en boucle fatiguée dans les allées tapissées de produits en couleurs. Les mots coulent et font sirop avec les odeurs de fruits, de pain industriel, de produits ménagers, de comptoirs réfrigérés. La fraîcheur de nos produits et le sourire de nos caissières se mélangent avec les belles paroles lourdes des chansons sempiternelles qui disent au plus juste les amours naissantes ou usées, les vouloirs, les attentes, les espérances déçues ou comblées, l'ardeur des commencements, le goût de fer des trahisons et l'usure molle des sentiments. *Ti amo ti amo ti amo. Quoi que je fasse où que je sois rien ne t'efface je pense à toi.* C'est le salmigondis des émotions, la salade suprême. *Si maman si si maman si maman si tu voyais ma vie je pleure comme je ris si maman si.* On n'y pense pas vraiment, on circule dans les rayons, avec le panier ou le chariot, et la liste. *Je marche seul sans témoin sans personne.* C'est machinal et on est là parce qu'il le faut ; on ne pense à peu près à rien et ça se fait. *Dites-moi dites-moi même qu'elle est partie pour un autre que moi mais pas à cause de moi.* On est traversé par les paroles de chansons que l'on n'écouterait pas chez soi. Il suffit de ne pas résister. Je ne résiste pas, ça m'essore un peu, je me souviens vaguement, en pièces et morceaux, en bribes, quoi que je fasse où que je sois. L'homme qui attend en caisse quatre ne se sait pas pris dans les rets des chansons sucrées. Il demande un sac, elle pousse vers lui un sac chiffonné. Il dit au revoir, elle articule trois syllabes rêches, ne lève pas l'œil, s'enfonce dans les articles que j'ai déposés sur le tapis de sa caisse.

Cet homme, Claude, ou André, ou Bruno, aurait aimé une fois une femme dans sa vie. Elle était mariée ; elle avait sept ans de plus que lui. Elle aurait été la mère d'un enfant du club, le plus jeune dans la section des débutants. Elle venait le chercher après l'entraînement du vendredi parce qu'elle ne travaillait pas ce jour-là et qu'ensuite elle le déposait directement chez ses grands-parents paternels ; il passait toujours chez eux la soirée du vendredi. Elle était professeur d'espagnol. Elle avait un autre enfant, une fille de quatorze ans, handicapée, qui revenait à la maison chaque vendredi et en repartait le dimanche ; elle n'avait pas dit handicapée comment, elle n'avait rien ajouté la première fois mais il avait compris que le garçon avait besoin d'éprouver que son corps à lui était bien vivant, droit, ardent, équipé pour la lutte. Cette femme l'aurait mis au-dessus de lui-même. Ils allaient chez elle, dans une chambre contiguë à celle de la fille qui criait toutes les nuits depuis quatorze ans. Elle dormait dans cette chambre pour veiller sur la fille le samedi ou le dimanche, l'autre nuit son mari prenait le quart. La fille avait un prénom vivace, Iris. Ils allaient dans cette chambre, ils allaient dans les bois qu'elle connaissait, entre Igny et Saulx-les-Chartreux ; ils allaient et ils le faisaient comme jamais il ne l'avait fait avant elle, ni après elle. Cette femme avait dit tout de suite qu'elle ne quitterait pas son mari, ni ses enfants, il n'avait pas supplié, il savait qu'il ne suffirait pas. Il avait pris ce qu'elle donnait, sans paroles, dans une douceur d'orage. L'homme sombre ne parle de rien, à personne. À qui parlerait-il et de quoi. Rien n'existe, ça reste tapi sous les mots, engorgé dedans, au fond du corps. Gordana fait sa sauvage et c'est tout. L'homme n'a jamais beaucoup parlé ni compris ce besoin que les femmes ont, souvent, pas toutes les femmes mais presque toutes, de mettre des paroles sur les moments, sur les choses et sur les gens, entre eux, à leur propos, de dire pourquoi et de dire comment, de justifier et d'expliquer, de raconter, de remonter aux sources, de comprendre, de juger, de condamner, d'absoudre, de pardonner, d'éreinter les phrases et les mots, toujours les mêmes phrases et les mêmes mots. Il ne croit pas à ça. Cette femme qu'il avait aimée était comme lui. Sa fille n'avait jamais parlé, ne parlerait pas. Elle avait appris à faire autrement, à poser une main sur une nuque, à attendre, à se tenir tapie dans la petite chaleur des peaux, à deviner du bout des doigts l'intérieur blanc des poignets. Elle savait aussi s'adosser à certains arbres dans le bois, ces arbres lui donnaient la force, il avait senti ça à travers elle. Après deux années cette femme était partie, elle avait suivi son mari au Mexique. Il connaît encore par cœur son numéro de téléphone.

Gordana est inexorable. Elle est la déesse au chef jaune qu'implore l'homme sans mots. L'homme brun est là, tout entier donné, il célèbre le culte, tenace et vivant ; ça mendie, ça mendie fort et sec en caisse quatre, ça veut exister, ça veut faire, ça gueule en silence. Le mystère est ancien, le rituel est immuable. Gordana ne touche pas, on ne la touche pas, à l'abri de sa coque on ne l'atteint pas. Impavide en caisse quatre derrière le rempart de plastique et de métal, elle reçoit sans les voir des hommages éperdus, elle se refuse. On n'attrape pas Gordana. Rien ne commencera. Rien ne sera ébauché. Point d'idylle subreptice, point de sirupeuse roucoulade, point de violente et délicieuse chamade, pas de coup au ventre, pas de coup au cœur, rien de rien, totale abstinence et abyssale vertu. On ne fait pas de sentiment en caisse quatre au numéro 93 de la rue du Rendez-Vous la mal nommée. On ne se laisse pas aller. On n'a pas les moyens. On n'a pas le loisir de baguenauder, de marivauder aimablement entre le paquet de café cent pour cent pur arabica et le kilo de tomates belges. C'est l'hiver du monde, la sévère glaciation. On y est entré sans savoir, on n'a pas été choisi, c'est tout. Ensuite on s'est arrangé. L'homme s'arrange, son dos le dit, sa nuque seule. Gordana fait l'avare. Ça n'empêche pas ; ça n'empêche pas d'attendre en caisse quatre le vendredi entre onze heures et onze heures vingt. L'homme s'en tient à ce petit bout de rien, il la voit, la prend dans son regard. Il est dans son orbe, dans sa puissance singulière, nimbé de ce qui n'appartient qu'à elle, le grain de sa peau, la tension blanche, tout le sauvage tapi sous la blouse, sous le pull, au long des cuisses élastiques, derrière la voix arrachée. L'homme est dans le temps de l'avant, il est le beau croyant, le fervent silencieux qui rumine ses rogatons merveilleux dans le désert habité des semaines. Le dos de l'homme qui mendie chaque seconde de Gordana est un risque, voire un danger. Trop à vif, trop tendu. Gordana inquiète et affûte. On sait qu'elle s'appelle Gordana parce que, peu de temps après son arrivée, on a entendu les autres caissières prononcer à l'occasion ce prénom rugueux, inusité, hirsute. J'ai d'abord cru n'avoir pas bien compris, ça se croisait avec le Gordini des Renault 8 qui rugissaient jadis sur les petites routes du samedi soir, chargées de filles et de garçons jeunes, plus ou moins emmêlés, after-shave et eaux de toilette sucrées, avide cargaison que l'on voyait se déverser, joyeuse, sur la place du bourg où s'étaient déployés pour trois jours les manèges et baraques de la fête patronale.

On n'a droit à rien. Mon père le disait les soirs devant la télé quand on montrait des images de manifestations, de gens qui revendiquaient des choses dans des villes, en France ou ailleurs, avec des panneaux, des calicots. Il répétait ce mot en avançant le menton, je pensais à coquelicot. Il n'expliquait rien, on comprenait qu'il n'était pas d'accord avec ces salariés, le mot sifflait entre ses dents. Il avait une boutique à tenir, lui, avec sa femme en famille, seuls, comme ses parents avant eux, il s'agissait de faire rentrer l'argent, pas de défiler en braillant. Mes frères se taisaient, ou, plus tard, sortaient sans avoir fini de manger. J'aidais ma mère à débarrasser les assiettes qu'elle garderait au chaud sur le coin de la cuisinière pour les garçons, ils se calmeraient ils auraient faim. Elle les appelait les garçons, les trois, les jumeaux et Denis qui était né juste un an après eux, presque jour pour jour, quand elle n'avait pas encore vingt ans et tenait déjà le magasin avec mon père qui était un travailleur mais ne pouvait pas faire face tout seul. J'aimais cette expression de ma mère, faire face, qu'elle utilisait pour tout, les petits imprévus et les gros, le travail, les aléas de santé. Elle avait fait face, avec ses trois nourrissons et une belle-mère pas commode, à tout ce qu'il fallait apprendre dans un commerce d'épicerie. Elle n'a jamais eu d'autre mot que celui-là, pas commode, pour une grand-mère égrotante que je n'ai pas connue ; elle venait de mourir quand je suis née, moi, onze ans après mes frères, la surprise de la trentaine pour ma mère, le bâton de vieillesse pour mon père qui avait déjà quarante ans et a choisi mon prénom, le deuxième prénom de sa mère, Jeanne. Un prénom de vieille, de grand-mère justement, diraient ensuite au pensionnat les autres filles qui s'appelaient Bernadette, Francine, Marie-Jo, Jocelyne, Agnès, ou Élisabeth. Un prénom qui sépare. On n'a droit à rien, ça m'est revenu, après le départ de Karim c'est remonté de l'enfance, comme les paroles d'une chanson inusable, *quoi que je fasse où que je sois rien ne t'efface je pense à toi*. J'avais plus de trente-sept ans, dont dix-huit années passées avec lui, à Paris, loin de Saint-Hilaire et de mon père qui n'a jamais voulu le voir. On n'avait pas eu trois fils expédiés avec le contingent pendant plus de vingt-sept mois en Algérie pour ça, pour que votre fille unique trahisse, et se mette à la colle avec un Arabe, un Arabe qui avait étudié d'accord et qui avait un vrai métier comme elle et même peut-être mieux qu'elle d'accord et qui buvait du vin et mangeait du cochon d'accord, mais un Arabe. J'allais les voir, quatre fois par an. Je restais trois jours chaque fois et séjournais plus longuement un été sur deux mais on ne parlait pas de Karim, on n'en parlerait pas. Mon père était doux avec grand-mère Lucie, qui a vécu chez nous pendant plus de quinze ans et n'avait pas de mots assez grands pour ce gendre magnanime. Il était doux avec ses sept petits-fils et avec les habituées de l'épicerie, les veuves du bourg, qui venaient acheter deux bricoles pour parler, pour entendre le son de leur voix au moins une fois dans la journée ; il était bienveillant avec les esseulés des fermes et des hameaux perdus au bout de chemins qu'il fallait deviner entre des haies de noisetiers que personne ne tentait plus de contenir. Les tournées étaient sa passion, je les avais faites avec lui le jeudi, avant mon départ pour le pensionnat. Je rendais la monnaie et il aimait mon impeccable célérité en matière de calcul mental. Je ne l'ai jamais vu poser une opération, il était infaillible, mais j'allais plus vite que lui. Nous joutions, sur les routes, entre deux arrêts, et notre joie était parfaite. Il était doux, mais pour Karim il n'a pas pu.

L'homme sombre aurait rêvé de devenir chirurgien. Il aurait porté une blouse verte, un calot et un masque. Ses mains gainées de latex eussent incisé les chairs, extrait les tumeurs, prélevé les organes, palpé tranché ponctionné réparé soulagé sacrifié ; ses mains eussent été souveraines sous la peau, à l'intérieur des corps, de l'autre côté, là où le regard n'entre pas, là où ça s'enfonce dans l'opacité rouge et chaude du vivant. Il aurait eu aussi, transmis par sa mère, ou sa grand-mère, le don d'enlever le feu, on disait comme ça à Saint-Hilaire pour la femme que l'on allait voir en cas de nécessité, je savais par mes frères qu'elle ne touchait pas la brûlure, elle imposait les mains et disait des formules que l'on ne comprenait pas, elle faisait aussi autre chose mais il ne fallait pas le répéter sinon elle perdrait son pouvoir de soulager la personne qui aurait trahi le secret et tous les membres de sa famille. Les mains de l'homme déposent les produits sur le tapis de la caisse quatre, ce sont des mains de bonne volonté, travailleuses et tendres, efficientes, des mains solides, faites pour bâtir et pour bercer, des mains de patience. Les poignets de l'homme sont minces et ligneux. Je vois l'homme chaque vendredi matin, il est là, il ne manque pas, il est sûr, je le vois et je pense qu'il est comme un olivier brassé de vent fou, il plie et ploie et tient, a tenu, tiendra. La ville serait une forêt peuplée de femmes peupliers, frênes, tilleuls, d'hommes bouleaux, eucalyptus, hêtres ; on n'oublie pas les noisetiers, les érables, les lilas, les pins, les cyprès, les cèdres, les sorbiers, les cerisiers ; on n'oublie pas on n'oublie rien. L'été, Gordana porte parfois sous sa blouse un tee-shirt noir à encolure ronde à l'effigie de Mick Jagger. Je pense qu'elle n'était pas née quand, dans le printemps têtu de l'année soixante-seize, les Rolling Stones incendiaient les foules aux Abattoirs de la Villette. J'avais vingt-huit ans et j'étais aux Abattoirs avec Karim et nos amis de ces temps engloutis qui, comme lui et moi, connaissaient par cœur les rengaines efficaces du ludion lippu et de ses acolytes efflanqués. Nous les chantions les soirs, les garçons à la guitare et les filles aux voix, et nos cheveux pareillement longs coulaient en rideaux mouvants dans la lumière tamisée des lampes éparses. Les autres se moquaient de moi parce que j'aimais aussi Jean Ferrat et Georges Brassens. J'ai longtemps écouté *Angie* et *Sister Morphine* ou *Love in Vain*. Il n'a manqué à Gordana qu'une infime étincelle pour être de la race de ceux qui foudroient et apparaissent plus qu'ils ne vont, drapés dans l'évidence de leur corps rayonnant. Le tissu synthétique de son tee-shirt, mince et luisant, se tend sur ses seins invraisemblables que la crinière ondoyante de Jagger et sa bouche dévorante, figurées en rouge, n'épuisent pas.

C'est le prénom rogue de Gordana que je peine à démêler sous l'accent carabiné d'une caissière novice, pétrifiée d'affairement vain devant la vitrine close des alcools chers sise à proximité immédiate de la caisse quatre. La serrure résiste, la clef reste bloquée, un client peu amène s'exaspère en caisse six, il attend son whisky, la face cuite et boursouflée, le regard perdu, l'haleine âcre, il tempête et brandit son billet de vingt euros, gestes noyés sous l'irrépressible tremblement matutinal. Gordana n'entend pas, ne veut pas entendre, rend la monnaie à la femme qui me précède, empoigne mes yaourts, ne veut rien savoir. C'est long, ça dure. L'homme sombre a surgi dans mon dos, ponctuel, tout enfoncé dans sa célébration. Le magasin est quasiment vide, aucun autre employé en vue. Gordana serait le seul recours, l'unique planche de salut de la malheureuse qui s'évertue et baragouine en son sabir d'île lointaine. Gordana, enfin, éructe à mon endroit de sommaires excuses, et, laissant choir mes trois citrons, jaillit, se dresse, s'arrache à sa caisse. Elle est grande, plus encore que ne l'annonçait le jet des cuisses longues. Quelque chose, très vite, alerte, accroche dans sa démarche, écorche, m'écorche, nous écorche. Gordana se propulse plus qu'elle ne marche, elle ahane à la sauvage, tout son corps ploie, plonge, à chaque pas semble chercher, inventer un équilibre impossible à affermir. Le pied gauche, court et large, est étroitement moulé dans une chaussure noire dont on devine la semelle épaisse et compensée en dépit du jean évasé, effrangé, ajusté à dessein sur le sabot luisant. En deux bonds d'araignée affolée Gordana est devant l'armoire vitrée qui ne lui résiste pas, qu'elle ouvre d'une poigne sèche, tête baissée, sans un regard pour l'autre, l'ingénue, la gluante éperdue de vaine reconnaissance. Je me retourne, m'abîme dans les entrailles de mon sac à main. Je n'ai rien vu, rien surpris, Gordana pourrait le croire quand, écrasée, mâchoires verrouillées, elle regagne enfin le providentiel habitacle de la caisse quatre.

En sortant l'homme s'est assis, il avait du mal à partir, ça se voyait, je l'ai vu ; moi aussi j'avais du mal, j'ai attendu en fourrageant dans mon caddie ; il s'est assis trois minutes, sur un banc, juste à la sortie du magasin, il regardait devant lui, il ne bougeait pas, ensuite il s'est levé, raide et serré. Il s'appelle Horacio. Horacio Fortunato, ça ne s'invente pas, ça ne se devine pas, quarante-cinq ans né à Paris fils unique de parents portugais, gardien et gardienne d'immeubles dans le quatorzième, rue Adolphe-Focillon. On n'invente pas non plus Adolphe-Focillon et je connais cette rue, entre Alésia et la porte d'Orléans, c'est coquet et cossu à la fois, Isabelle et son mari y ont habité, ils s'y plaisaient beaucoup, ils ont loué pendant onze ans au rez-de-chaussée du numéro huit un trois-pièces qui est vraiment devenu trop petit à la naissance des jumelles, ils sont partis, ils ont acheté loin dans les Yvelines, à Verrières, une grande maison avec un vrai jardin. Au bureau et dans la vie, on s'entendait, avec Isabelle ; on aurait pu nous croire cousines ou même sœurs, elle était plus jeune, de neuf ans, mais on se ressemblait presque, elle était comme moi fille de commerçants, bouchers-charcutiers-traiteurs, à Guéret, une dynastie, les mains dans la viande depuis quatre générations, elle avait aussi trois frères aînés, elle avait aussi trahi pour la comptabilité, on riait beaucoup, on était jeunes. Deux fois par semaine, le lundi et le jeudi, je rentrais avec elle quand Laurent était aux cours, il préparait l'expertise comptable, on prenait les enfants à la crèche et à la maternelle et je l'aidais pour tout. C'était après Karim, Isabelle et Laurent ne l'ont pas connu. Je remplissais des soirs avec ces gestes et les besognes multipliées quand on a quatre enfants petits à la maison, je restais deux ou trois heures, je partais avant le retour de Laurent ; je rentrais à pied et me lavais les dents et les mains, longuement, dans le noir, je me couchais sans manger sur le canapé du salon qui était devenu mon lit, je ne dormais plus dans la chambre, je ne lisais rien, j'allumais la radio et baignais dans ce babil inintelligible en attendant le sommeil, raide sous la couverture, les pieds froids, et le drap tiré sous le menton. Isabelle comprenait que j'avais de la grosse peine à avaler, et que ça ne passait pas, elle ne posait pas de questions.

Pour l'homme j'ai su à la pharmacie. Après avoir quitté le banc devant le Franprix, il est entré dans la pharmacie du carrefour et je l'ai suivi. Je n'avais jamais fait ça, suivre quelqu'un ; c'est facile, je ne suis pas connue dans cette pharmacie, personne ne m'a rien demandé, on ne m'a pas vue, c'est facile de faire semblant de chercher un lait pour le corps ou une crème de jour et d'écouter ce qui se dit. Une femme est entrée tout de suite après moi, une petite femme courte et vive qui parlait fort, elle s'est exclamée, ils se sont embrassés, il m'a paru soudain plus grand que je ne pensais parce qu'il a dû se baisser pour embrasser la femme, c'était la première fois que je le voyais en dehors du Franprix et il m'a semblé ne plus avoir le même corps. La petite femme l'a appelé par son prénom, Horacio, elle répétait, ton père dit toujours Horacio c'est mon soleil, c'est mon soleil, Horacio viendra, je suis comme un oiseau sur la branche maintenant, Horacio viendra, il est patient, il arrangera ça, il s'en occupera, je demanderai à Horacio; la femme a dit tous les parents n'ont pas cette chance. La pharmacienne ne s'impatientait pas, elle opinait du bonnet et semblait connaître cette femme et le vieux père à qui étaient destinés les médicaments que venait chercher le fils. La pharmacienne a dit au revoir monsieur Fortunato à vendredi prochain, et j'ai su pour le nom; ensuite elle a continué à parler avec la femme, mais moins fort et je n'entendais pas tout; j'ai tout de même compris que cette femme avait aussi été gardienne rue Focillon, à cette époque tous les gardiens de ce quartier venaient du même coin du Portugal, elle a dit un nom que je n'ai pas compris; sa fille unique, Lydia, était de l'âge d'Horacio, quarante-cinq ans, devenu fils unique aussi après la mort d'une sœur aînée beaucoup plus âgée, la mère ne s'était jamais bien remise de ça, elle était partie tôt, juste avant la retraite, de maladie, et fallait voir comment ses deux hommes l'avaient soignée; sa fille, Lydia, et Horacio, le *r* roulait doux dans la voix de cette femme, avaient fait toute la petite école ensemble, et le collège aussi, mais Horacio apprenait mieux, il était plus sérieux, il avait du bagage, elle répétait ce mot, du bagage, et les prénoms, Lydia Horacio; il avait une bonne situation, un vrai métier, Horacio; mais pas d'enfant, comme Lydia, et pour elle maintenant, à quarante-cinq ans, elle insistait sur l'âge, c'était trop tard, pas de famille, pas d'enfant, c'était peut-être aussi pour ça qu'il pouvait s'occuper si bien de son père ; un veuf de quatre-vingt-dix ans rester chez soi ne pas aller dans ces maisons qui coûtent des prix fous et où les vieux sont parqués comme du bétail ça faisait plaisir à voir de nos jours.

Horacio et Gordana, Gordana et Horacio, c'est une musique, ça chante, à cause des voyelles, Horacio adoucirait presque Gordana qui rugit moins. Plus tard j'ai réfléchi, j'ai fait des calculs, Isabelle la rue Focillon Laurent et les garçons petits c'était il y a plus de vingt ans, vingt-cinq exactement, les jumelles viennent d'avoir vingt-cinq ans, j'en avais presque trente-neuf, Isabelle trente, et j'aurais pu croiser rue Focillon un Horacio de vingt ou vingt et un ans qui soignait sa mère. Je n'ai pas soigné ma mère, elle disait je partirai comme un coup de fusil et elle avait raison. Mon père l'a trouvée, il revenait du jardin avec les derniers haricots, vraiment les derniers, juste une poignée à mettre en salade pour le soir pour eux deux, pas un de plus, au téléphone il m'avait donné des détails sur ces haricots de septembre ; elle avait l'air de dormir, la tête penchée sur le côté, les médecins ont parlé d'une rupture d'anévrisme ; c'était l'après-midi du mardi 11 septembre 2001, à quatorze heures trente, mon père se souvenait que la demie avait sonné au carillon, dans le couloir, juste comme il entrait dans la cuisine ; elle n'a pas su pour l'attentat, les tours, les trois mille deux cent quatorze morts, elle n'a pas vu les images des gens qui se jetaient du cent vingt-deuxième étage, elle en aurait parlé pendant des jours, elle s'était toujours beaucoup intéressée à l'actualité, aux informations, elle aurait prié pour tous ces morts d'Amérique, elle les aurait appelés comme ça, les morts d'Amérique. Elle était assise à la table de la cuisine avec ses lunettes sur le nez et *La Montagne* ouverte devant elle à la page des mots croisés, étalée sur la toile cirée impeccable, le crayon à papier bien taillé à droite et la gomme blanche à gauche ; ils s'y étaient mis à la retraite, après avoir arrêté le magasin, elle commençait seule, au crayon, elle appelait ça débrouiller la grille, ils termineraient ensemble au stylo bleu, sans le dictionnaire qu'ils n'ouvraient qu'en toute dernière extrémité, après maints atermoiements, avoir besoin du dictionnaire était une défaite ; ils cherchaient ensemble, ils essayaient des solutions, ils gommaient et recommençaient, ils ne se disputaient pas, pas pour les mots croisés, ils disaient qu'ils se régalaient, ils étaient d'accord, assis l'un à côté de l'autre, la cuisinière dans le dos et face à la fenêtre qui donnait sur rien. À la fermeture du magasin, ils avaient vendu le bâtiment, avec la boutique, le logement attenant, l'entrepôt, la cour cimentée et même les deux garages, tout était parti en bloc et à un prix décent alors que de belles maisons du bourg, avec jardin et dépendances, restaient fermées depuis des années et s'abîmaient sans trouver preneur. Un couple de Parisiens avait acheté, des écrivains, avec trois enfants adolescents, la femme était très célèbre, elle avait eu des prix, en France et partout dans le monde, elle passait à la télévision, elle écrivait aussi du théâtre, de la poésie, de tout, elle était grande et belle comme une actrice, elle avait un nom suédois, le mari était noir et tout le pays les appelait les Suédois. Des voitures venaient de Paris, souvent ; les trois enfants étaient pensionnaires à Nevers mais rentraient le mercredi après-midi et chaque fin de semaine, ma mère n'a jamais utilisé le mot week-end. C'était une famille très unie, ma mère disait qu'ils vivaient en autarcie, ils n'avaient pas besoin des autres, ils ne se mélangeaient pas avec les gens mais on sentait que le magasin était bien habité, la lumière restait allumée tard le soir dans la grande pièce du haut qui avait été la chambre de mes frères, peut-être qu'ils travaillaient la nuit, la nuit c'était peut-être mieux pour écrire, on n'était pas dérangé, comment savoir avec les écrivains qui étaient des artistes aussi. Elle continuait à parler du magasin pour désigner tout le bâtiment et précisait que les nouveaux propriétaires avaient gardé l'enseigne qui datait du temps des grands-parents, À la Providence — Maison Santoire & Fils.

Gordana sait que j'ai vu, et donc que nous avons vu, l'homme du vendredi et moi. Il y a quelque chose de vaincu en elle, elle a été humiliée, elle nous en voudrait presque, elle préférerait que nous ne passions plus avec elle mais elle ne peut pas nous le dire, elle n'a pas les moyens de choisir ses clients. Elle préférerait des clients neufs, vierges, des clients intacts qui n'auraient rien vu, ne sauraient rien, ne pourraient pas avoir pitié, n'auraient aucun pouvoir sur elle, des clients transparents et sidérés de l'autre côté du rempart laiteux de ses seins. Elle a changé de caisse, elle est en caisse huit, c'est la dernière, en bout de ligne, la plus mal placée, en face de la porte coulissante et en plein courant d'air, mais la plus éloignée des deux armoires vitrées fermées à clef où se trouvent les alcools et les piles électriques. Elle a dû vouloir réduire au minimum les risques de récidive, elle a dû négocier ferme, les courants d'air contre le droit de ne pas avoir à se déplacer devant la clientèle, sauf en cas de force majeure, parce que le client est roi et que l'on ne peut pas tout prévoir. Gordana a de l'orgueil et de la rage, on doit le lui faire payer, elle ne s'entend pas du tout avec les autres qui se ressemblent toutes, ont l'air de venir du même endroit du monde, ni l'Afrique noire, ni le Maghreb, ni l'Asie, je dirais l'Indonésie, ou l'Inde, ou les Philippines ; elles sont menues et vives, elles portent de minuscules boucles très dorées qui rutilent sur le lobe charnu et légèrement bombé de leurs oreilles bien collées, elles ont les mêmes dents éclatantes dans leurs bouches roses et charnues, les mêmes peaux sombres et lisses, des mains petites et de petits pieds, leurs cheveux sont longs, souples, d'un noir opaque et luisant, nattés pour les plus jeunes ou roulés sur la nuque en chignons raisonnables pour les deux plus âgées, leurs yeux sont grands, brillants et noirs, elles sourient, leurs yeux et leurs bouches sourient, on ne saisit pas leur regard toujours en mouvement, on les entend parfois rire, on ne comprend pas ce qu'elles se disent entre elles, d'une caisse à l'autre, en une langue labile, rapide, sonore et efficace, elles prononcent avec soin en français les formules apprises et nécessaires, leur accent est impénétrable, ni chantant ni rugueux, leurs blouses sont fermées, elles sont très disponibles pour la clientèle, elles se mettent en quatre, mon père aurait dit ça, ces femmes se mettent en quatre, elles aident, elles se penchent se tournent sur leur siège pivotent s'appliquent, et Gordana est au milieu d'elles comme un grand corps blanc, jaune, rêche, raide et étranger.

Hier ma voisine du quatrième est morte. Il y a comme ça des périodes où les plaques tectoniques de nos vies se mettent en mouvement, où les coutures des jours craquent, où l'ordinaire sort de ses gonds ; ensuite le décor se recompose et on continue ; c'est plus ou moins grave, on en parle parfois à la télévision, à la radio, dans les journaux, ou ça ne sort pas du cercle de la famille, des amis et du voisinage ; ça survient, ça arrive, ça entre dans la cage du temps pour n'en plus ressortir ; rien ne pourra faire que ça n'ait pas existé, que Madame Jaladis ne soit pas morte, que Gordana n'ait pas un pied-bot, que ma mère n'ait pas élégamment déserté le jour des attentats du 11 septembre, que Karim ne soit pas revenu d'Algérie ; c'est de la mort, de la maladie, de la perte, de la trahison, de l'absence qui commence pour toujours ou pour longtemps, on ne sait pas, on tient, on fait face, on attend et on s'arrange plus ou moins, on vieillit, on dure. Madame Jaladis avait quatre-vingt-treize ans, exactement trente ans de plus que moi, et un fils qu'elle avait élevé seule dans cet appartement où elle a vécu soixante-dix ans ; Madame Jaladis était veuve et répétait de son fils qu'il était bon fils bon père et bon époux, dans cet ordre ; elle a jusqu'à sa mort fait les chemises de ce fils mirifique, elle ne disait jamais autrement que faire les chemises, le fils en avait deux jeux de six, toutes blanches et de belle facture ; quand il n'était pas en voyage pour son travail, il venait passer chaque matin trois quarts d'heure avec sa mère, entre sept heures trente et huit heures quinze, l'échange des chemises avait lieu après le café, il revêtait celle du jour, fraîche, immaculée, et choisissait avec soin ses boutons de manchette dont les écrins carrés, gris souris, s'alignaient sur le marbre rose d'une commode pansue ; la chemise attendait le fils, suspendue à un cintre sous une housse d'étamine dans le petit salon qui avait été sa chambre d'enfant et de jeune homme. Madame Jaladis aimait à dire que Jean-Jacques se fournissait chez un excellent faiseur, près de son bureau, dans le beau dix-septième, l'adjectif beau s'arrondissait dans sa bouche, elle répétait la mauvaise qualité coûte cher madame Santoire. Elle aimait à prononcer mon nom, et le laissait flotter dans l'air plus que de raison, parce qu'il était aussi celui d'une belle rivière à truites de son pays d'enfance, elle me l'avait expliqué dès notre première rencontre, quand j'étais arrivée dans l'immeuble, en juillet 1990 ; plus tard elle m'assurerait avec délectation et insistance que ma famille devait avoir des racines cantaliennes, forcément, d'où notre parfait voisinage. Elle avait été mère à vingt-six ans, après trois ans de mariage, veuve à trente-deux, et semblait en vouloir sourdement à cet époux éphémère, employé de banque, comme elle, cardiaque, et parisien, d'avoir si tôt vidé la place. Le ponctuel Jean-Jacques, orphelin de ses chemises et de ses matins, a glissé dans ma boîte une lettre émue, les obsèques de sa mère auront lieu dans le Cantal, où sont enterrés les siens, où elle était née et avait passé sa jeunesse, il est convaincu que je serai présente par la pensée et ne sait comment me remercier de la qualité, il écrit ce mot, de ma présence auprès de sa mère depuis plus de vingt ans.

Je n'apprivoise pas le nom de l'homme sombre, il est trop chamarré, trop solaire, c'est un nom d'été, de saisons claires, de soirs blonds, un nom pour danser. Horacio Fortunato danserait comme on respire, tout lui serait bon, valse, tango, java et autres fantaisies de salon, danses folkloriques, rock plus ou moins acrobatique, jerk, salsa, biguine ; il fréquenterait avec bonheur et assiduité une association de son quartier vouée à la pratique des danses de salon, suscitant l'engouement unanime des dames et un dépit mâtiné d'envie chez les messieurs. L'homme sombre ne danse pas ; sa nuque, ses mains, son dos ne dansent pas ; il ne caresse pas et n'est pas caressé ; il sue la solitude haute. À la pharmacie j'ai à peine entendu sa voix que couvraient les mots et les phrases de la petite femme et de la pharmacienne ; je l'imagine feutrée, veloutée, sourde et parfois rauque. La voix de l'homme sombre serait rauque s'il fallait répondre à Gordana qui lui demanderait, vous avez la carte Franprix monsieur, ou vous n'avez pas la monnaie monsieur cinquante centimes cinq euros ça m'arrangerait, ou vous n'avez pas pesé les fruits monsieur allez-y je mets vos affaires de côté en attendant ; il lui faudrait se rassembler pour extraire sa voix et répondre à Gordana, elle l'aurait regardé aux yeux pour lui parler, lui parler enfin, elle n'aurait plus rien à cacher, puisqu'il serait quand même revenu, dès le vendredi suivant, pour passer en caisse avec elle un peu avant onze heures ; elle y aurait pensé pendant la semaine, elle aurait pensé qu'il changerait de magasin, qu'il irait rue Sibuet ou avenue du Docteur-Arnold-Netter ; elle aurait remarqué l'homme sombre depuis le début, bien avant moi, elle aurait remarqué ses mains soignées, sa nuque, son assiduité, la puissance de son corps contenu, et sa violente dévotion. Gordana est jeune, quelque chose d'organique en elle est à l'affût muet des mâles, elle a l'habitude du regard des hommes avant, et après, avant le pied-bot et après le pied-bot, elle sait comment ça se passe, comment ils ont peur, comment ils ont pitié, comment ils se disent qu'à l'horizontale c'est pas gênant et que d'être aussi bancale ça doit la rendre plus accommodante même si elle a toujours l'air mal lunée, les boiteuses sont des chaudes c'est bien connu, des nichons pareils on n'en voit pas tous les jours et ça doit faire oublier le reste.

Gordana aurait eu peur que l'enfant naisse comme elle, comme ça, affublée, infirme, handicapée, mal formée, mal fichue, mal foutue, de traviole, avec une patte folle un pied pas fini bouffi impossible à regarder un pied de bête un sabot rose. Elle aurait voulu ne pas garder l'enfant, surtout s'il était comme elle, mais elle avait compris trop tard qu'elle était enceinte, beaucoup trop tard, ça ne s'était pas vu avant le sixième mois, l'enfant était trop bien accroché, on ne connaissait pas de médecin qui aurait peut-être pu arranger les choses mais c'était trop cher, on ne connaissait rien, on laissait faire, elle avait laissé faire. Elle avait dix-huit ans, elle vivait à la brutale, elle se jetait partout, elle voulait seulement partir, elle aurait fait n'importe quoi pour ça et celui qui était le père de l'enfant, un type de quarante ans, marié, lui avait promis de l'aider, ensuite il avait disparu, elle savait plus ou moins où il était, elle s'en fichait, il avait plusieurs enfants avec toutes sortes de femmes en plus de la sienne, elle n'était même pas certaine qu'il soit le père, elle hésitait avec un autre, plus jeune, qui vivait maintenant au Brésil, en Argentine ou en Colombie, elle confondait ces pays. Elle était sûre sûre sûre et certaine que ce serait une fille, elle attendait une fille, elle avait une fille dans le ventre, dans le coffre, dans le tiroir, une femelle comme elle, comme sa mère ses grands-mères ses sœurs ses tantes ses cousines, une pisseuse, une fendue à mamelles, une boiteuse, une bimbo bancale. Il n'y avait pas d'homme dans la tribu, sauf son frère, les pères partaient tous ou mouraient tôt, de boisson ou d'autre chose. Elle aurait eu dix-neuf ans à la naissance de son fils, elle aurait été émerveillée, elle l'avait allaité, on disait autour d'elle qu'elle était très maternelle, elle était une très bonne mère, on s'en étonnait, on s'en réjouissait mais on pensait que ça serait difficile pour elle de se séparer de l'enfant pour aller travailler en France ou ailleurs quand il le faudrait. On n'emmenait pas les enfants si on partait, si on avait cette chance, on les laissait. Quand elle pouvait être seule avec lui, sans sa mère, ou sa sœur, ou une autre des femmes de la famille qui vivaient à la maison ou y passaient, elle regardait les pieds parfaits de l'enfant endormi, elle les touchait, elle les caressait du bout de ses doigts longs, elle comptait et recomptait les orteils mais elle ne jouait pas à les manger ou à les croquer, elle ne les embrassait pas non plus comme elle avait souvent vu d'autres femmes le faire. Jamais.

Parfois je m'assois dans les églises pour penser à ma mère ; je lui parlerais presque. Je ne crois en rien, nous sommes seuls et nous ne serons pas secourus, mais j'aime les églises alanguies dans le creux des après-midi. Je ne parle ni des cathédrales orgueilleuses ni des basiliques perchées, ni de la Madeleine ni de Saint-Germain-des-Prés, ni de Saint-Étienne-du-Mont ni de Saint-Sulpice, je parle des églises sans qualités, des églises de semaine, assoupies, à peine frottées de catéchèse par des dames de bonne volonté que chapeaute de loin un prêtre encore jeune, expéditif et souriant. Même dans les villes, même à Paris, à l'heure du goûter, la trépidance ordinaire reflue dans le ventre des modestes églises de quartier ; la température y est à peu près constante, la lumière aussi, le temps s'y oublie, on y berce à bas bruit des douleurs irrémédiables, personne ne demande rien à personne, le confessionnal est vide, les araignées s'affairent, ça sent la poussière froide, ça sent gris, c'est assez laid, on ne sera ni dérangé ni bousculé. Je pousse de lourdes portes capitonnées, je surprends des silences, je hume des ferveurs muettes qui me sont interdites, je me rassemble. La première fois c'était le 3 octobre 2001, un mercredi, le jour de l'anniversaire de ma mère, elle n'aurait pas quatre-vingt-trois ans, je ne lui téléphonerais pas vers midi et demi, à l'heure qui avait été celle de la fermeture du magasin, elle ne me dirait pas que c'était gentil de l'aider à encaisser une année de plus ; elle ajoutait, encaisser je l'ai fait toute ma vie pourvu que ça continue encore longtemps. Quelque chose manquait, quelque chose était perdu. En sortant du bureau, sans y avoir réfléchi, je n'avais pas pris le métro à Pasteur, j'avais marché vers le sud dans le crépuscule transparent de la ville stridente, l'air était doux, on appelle ça l'été indien et cette expression me fait toujours penser à une chanson de Joe Dassin que j'ai sue par cœur. Je m'étais retrouvée au carrefour d'Alésia et j'étais entrée dans l'église Saint-Pierre-de-Montrouge dont je connais le nom parce que j'ai vécu dans ce quartier les dix-huit années passées avec Karim. Je ne m'étais pas assise, j'avais allumé quatre cierges, un pour mon père, un pour chacun de mes trois frères et leurs tribus, j'avais glissé un billet de dix euros dans le tronc, et j'avais pleuré pour la première fois depuis l'enterrement.

Horacio Fortunato est un homme qui continue. Il sait pour Gordana, il sait ce que cachent les seins glorieux, il sait cette disgrâce sauvage et il continue ; il ne manque pas un vendredi, en caisse huit, nuque têtue et main offerte, prête à recevoir la monnaie que Gordana dépose dans la coque de plastique. Mon père avait son mot pour ça, s'enrouriner ; il s'était enrouriné dans l'épicerie de ses parents, à la mort de son père, en 1932, il avait repris le magasin, sa mère n'avait pas de santé et ne pouvait pas tenir toute seule, surtout à cause des tournées, il aurait fallu payer quelqu'un et l'affaire n'aurait plus été rentable avec un salaire à sortir tous les mois pour un employé. Après son service mon père avait vingt-quatre ans, il avait trouvé une bonne place dans un garage à Nevers, où travaillait déjà Georges Demy, son meilleur copain de régiment ; le patron lui faisait confiance, il se passionnait pour la mécanique, avec Georges ils auraient repris cette affaire, le patron n'avait pas d'héritier et voulait se retirer, Georges, qui avait le génie du négoce, se serait occupé des ventes et mon père de la mécanique. Mais les choses s'étaient passées autrement, il faisait besoin à sa mère et il connaissait ce métier du commerce de campagne qu'il avait pratiqué avec ses parents avant de partir au service ; il était fils unique, il était revenu, et il était resté, il s'était enroutiné à Saint-Hilaire. Je n'ai jamais entendu personne d'autre employer ce mot, mais j'y ai pensé souvent, pour moi ici à Paris après le départ de Karim, et dans d'autres circonstances. Je crois que mon père le disait sans violence et sans amertume ; il y a de la douceur dans les routines qui font passer le temps, les douleurs, et la vie ; les gestes du matin, par exemple, les premiers au sortir du lit, la radio en sourdine la ceinture du peignoir le rond bleu du gaz sous la casserole le capiton usé des pantoufles les cheveux que l'on démêle avec les doigts, les gestes du matin font entrer dans les jours, ils ordonnent le monde, ils manquent si quelque chose les empêche, on est dérangé, et ils sont plus que tous les autres difficiles à partager. Je ne sais pas si Horacio Fortunato a jamais partagé ses gestes du matin avec quelqu'un ; il pourrait habiter avec son père, il ne le fait pas, il vient tous les vendredis, il est en vigie, proche et lointain à la fois, il attend, il continue, il tient et il attend.

Mes trois frères ont eu sept garçons ; le nom de Santoire est répandu, sauvé, multiplié. Mes neveux sont maintenant des hommes, ils portent de jolis prénoms, des prénoms d'apôtres, d'évangélistes, ou de monuments aux morts, Pierre, Louis, Paul, Jean, Luc, Mathieu et Thomas. Ils ont tous plus de trente ans, ils vivent à Lyon, à Grenoble, à Bordeaux, à Marseille et à Clermont-Ferrand, ils n'aiment pas Paris, ils disent que tout est compliqué à Paris, tout coûte très cher, tout est loin, on fait la queue pour acheter son pain ou pour retirer de l'argent, les Parisiens s'endorment dans le métro et vivent comme des fous ou comme des fourmis ; cette comparaison avec des fourmis les fait beaucoup rire parce que Pierre, l'aîné des cousins, qu'ils appellent le grand manitou, est un spécialiste des fourmis reconnu dans le monde entier. Depuis quelques années, à l'initiative de Pierre et de Bénédicte, sa compagne, pharmacienne, cavalière émérite et mère de famille nombreuse, blonde et radieuse, tous se retrouvent pendant trois ou quatre jours au moment de l'Ascension dans une grande maison louée à cet effet dans la campagne bourbonnaise ; ces retrouvailles sont baptisées du vilain nom de cousinade et les ancêtres sont invités à y participer. J'y passe, je m'y prête pour une soirée et la journée du lendemain, on m'y embrasse d'abondance, on s'inquiète de ma santé, on me trouve rajeunie, on me présente des nourrissons aux yeux laiteux, une Louise, une Irène, un Ulysse, on me remercie pour les cadeaux de naissance toujours si bien choisis alors que les gens qui n'ont pas eu d'enfant, parfois, on sait ce que c'est, enfin ils sont souvent à côté de la plaque, ils achètent des vêtements déjà trop petits, ou pas pratiques du tout du tout, ou décalés dans les saisons eu égard à l'âge du bébé. Mes neveux changent les couches et donnent les biberons quand leurs épouses ou compagnes n'allaitent pas, mes belles-sœurs pouponnent sous l'œil plus ou moins amène de leurs belles-filles, mes frères s'activent au barbecue et jouent interminablement au Scrabble, aux boules ou à la belote, voire aux trois, selon le moment du jour et les caprices de la météo. Ils sont en tribu, ils sont ensemble, personne n'a encore divorcé, personne n'est homosexuel, Mathieu, Paul et Valérie, la femme de Louis, ont déjà été au chômage mais ont retrouvé du travail, et dans leur branche, alors on s'estime heureux, très heureux, très gâté par la vie, on a de la chance. Je suppose qu'aux néophytes et autres pièces rapportées, ou valeurs ajoutées, c'est la formule de Bénédicte et elle y tient, mes neveux ou mes belles-sœurs ont dû raconter que je ne me suis jamais tout à fait remise d'une terrible déception sentimentale ; Jeanne aura été la femme d'un seul homme, mais elle est solide, elle sait se tenir et organiser sa vie. À la mort de mon père je me suis sentie dégarnie pour toujours, je n'étais plus enveloppée par une famille.

Ils se trompent quand ils disent que j'ai été la femme d'un seul homme, j'entends l'expression s'arrondir dans la bouche de Pierre sous l'œil attendri de Bénédicte ; la femme d'un seul homme, assaisonné de latin ça pourrait devenir le nom savant d'une espèce rare de fourmi d'altitude, *Formica alta santoirina*, dont les rites nuptiaux tiendraient la communauté scientifique internationale en haleine depuis des décennies. Ils se trompent, ils ne peuvent pas savoir pour Lionel, c'était juste après mon arrivée à Paris et Lionel voulait absolument rester le plus discret possible jusqu'à ce que je sois sûre de mes sentiments, il employait cette tournure déjà un peu désuète en 1966, et il sentait que je ne l'étais pas, sûre de mes sentiments, pas encore. Il était sûr des siens, sûr et certain, c'était tout tracé, il me connaissait depuis toujours, il m'avait vue naître et grandir, il avait presque quatorze ans de plus que moi et vingt-six de moins que son oncle,

Georges Demy, l'ami de régiment que mon père avait laissé choir pour s'enterrer dans l'épicerie en rase campagne, Lionel disait ça aussi, s'enterrer dans l'épicerie, et à dix-huit ans je pensais qu'il avait raison. Georges Demy et mon père étaient restés très liés, les Demy venaient nous voir une fois par an, le 15 août, c'était leur jour; le magasin et le garage étaient fermés, on en parlait et on y pensait longtemps avant et longtemps après, le menu était énorme et immuable, melon au porto, notre melon et le porto des Demy, terrine de poisson de Suzanne Demy qui était fille de marin exilée dans les terres et savait de quoi elle parlait, côte de bœuf au barbecue, le triomphe de mon père, haricots verts de notre jardin, fromages des Demy, salade des Santoire, et duo de desserts, autrement dit le double Suzanne, ma mère et Madame Demy partageant ce même prénom alerte et pimpant, tuiles aux amandes pour l'une et œufs à la neige pour l'autre. Ils arrivaient vers dix heures; ils n'arrivaient pas, ils déboulaient, dans une voiture différente chaque année et chaque année plus rutilante, puissante, remarquable et remarquée. Ils repartiraient à la nuit. Mon père flattait le véhicule d'une main caressante, les hommes s'abîmaient dans des considérations mécaniques tandis que les femmes s'évertuaient en cuisine.

Le jour des Demy est un jour de soleil dans ma mémoire, chaque année le 15 août dans la grande torpeur des étés vides je pense à eux ; ils riaient, on riait, je ne sais plus de quoi, je ne comprenais pas tout, les Demy étaient joyeux. Je les ai toujours connus, ils ont toujours fait partie de mon paysage, j'étais la petite, ils m'appelaient comme ça, Suzanne Demy choisissait pour moi dans une excellente maison de Nevers une robe parfaite que j'arborais aussitôt et qui serait ma plus belle toilette de l'année à venir. Je les revois tous les trois à l'enterrement de grand-mère Lucie, en mars, l'année du bac ; pour ma mère et pour mon père Lionel était seul. Georges et Suzanne n'avaient jamais pu avoir d'enfant, c'était leur plaie de chaque jour, Lionel était venu vivre avec eux quand ses parents, la veille de son quatrième anniversaire, s'étaient malencontreusement écrasés contre un poids lourd qui roulait à contresens sur la nationale nouvellement élargie au sortir de Nevers en direction de Paris. Ils avaient élevé Lionel qui leur vouait une dévotion totale et ne voulait pas les décevoir en bricolant avec moi, surtout avec moi ; Georges et Suzanne, Lionel les appelait par leur prénom, auraient été tellement contents, ils auraient tellement voulu ça, pour eux je n'avais qu'un défaut, dont je n'étais pas responsable, mon prénom, mon prénom de mémé. La première fois c'était avec Lionel, dans ma chambre d'étudiante à Paris ; il était plutôt beau et très doux, je le trouvais un peu vieux mais il ne me faisait pas peur. Il venait de Nevers chaque semaine pour des raisons officiellement professionnelles, leurs affaires prenaient de l'ampleur, ils avaient des fournisseurs en région parisienne ; la comptabilité du garage n'attendait que moi, on n'attendait que moi à Nevers, on m'attendait trop, même si l'on ne savait encore rien. Lionel avait une amie à Paris, on se réjouissait qu'il fréquente enfin, on le pressait de présenter l'élue. Ensuite, le 31 mars 1967, j'ai rencontré Karim.

J'ai vu Gordana dans le métro, sur la ligne 6, direction Charles-de-Gaulle-Étoile ; je suis montée à Bel-Air, dans le wagon de tête, il était un peu plus de dix-neuf heures et j'allais au cinéma, je descendrais à Raspail et continuerais à pied jusqu'au boulevard Montparnasse comme je le fais toujours. Je me suis assise et je l'ai vue, j'ai d'abord reconnu le jaune de ses cheveux, ses crins têtus, la tête très penchée, comme enfoncée dans un livre mince à couverture dure et cartonnée ; c'était elle, sans la blouse, ses seins formidables emballés dans un blouson de cuir épais, à col montant et fermeture éclair, un blouson vert sombre, luisant, sans fioritures d'aucune sorte, un grand blouson d'homme, curieusement fermé, cadenassé jusqu'en haut. On voyait sa peau très blanche, ses pommettes hautes, et, contre le pointu de son menton, l'anneau plat et métallique de la fermeture éclair. Elle lisait voracement, tournait les pages avec une sorte de brutalité, de sa main gauche aux ongles roses qui dépassait à peine des manches trop longues du blouson ; elle est certainement gauchère et, au magasin, elle doit se contrarier, on disait comme ça quand j'avais appris à écrire à l'école primaire, contrarier les gauchers, grand-mère Lucie était gauchère et avait été contrariée, elle me répétait en riant, ne te laisse pas contrarier ma poulette ne te laisse pas faire. L'équipement de la caisse du Franprix doit être conçu pour des droitiers et Gordana s'est adaptée ; je me suis sentie presque vexée de ne pas m'en être aperçue plus tôt, moi qui croyais avoir l'œil à tout. Du strapontin où j'étais assise, je voyais que le titre du livre de Gordana n'était pas écrit en français, des couleurs criardes éclataient sur la couverture, du bleu du vert du jaune, les caractères orange qui se détachaient sur un fond blanc auraient pu être du russe, ou quelque chose comme ça, j'ai regretté de ne pas en savoir assez sur les alphabets de toutes ces langues des anciens pays de l'Est. Au-dessus de ce qui devait être le titre, de ma place, je distinguais nettement un grand chapeau de paille, piqué d'une énorme fleur de tournesol et comme posé en équilibre sur une barrière en bois marron. Si Gordana était sortie avant moi, je crois que je l'aurais suivie, au risque d'être reconnue, j'aurais manqué ma séance. Je suis descendue à Raspail, comme prévu, le cœur battant et les mains un peu moites.

Isabelle aurait voulu que je refasse ma vie. Elle n'eût pas employé cette tournure rebattue dont ma mère avait souvent usé avec une tendresse tenace, émouvante et affairée, la question ou l'injonction n'étant pas dans ses manières. Je me souviens d'un après-midi d'août où nous étions les deux dans la cuisine, l'année de mes cinquante ans ; un orage couvait, menaçait depuis le milieu du jour, ne crevait pas, la cour noyée de lumière molle s'ouvrait dans mon dos, ma mère me faisait face, nous classions et triions les papiers de l'année passée, c'était mes devoirs de vacances et ça rassurait mes parents de savoir leurs dossiers parfaitement en ordre. J'aimais ce travail et ces moments propices à la parole ; à la parole ou aux déclarations plus qu'à la conversation, nous ne conversions pas tout à fait, ce qui était dit était moins à discuter qu'à entendre.

La voix de ma mère était montée dans l'air chaud, elle ne me regardait pas et semblait parler pour elle-même, tu verras après cinquante ans on a davantage besoin d'être épaulé les amis c'est bien mais c'est pas pareil et quand on vieillit les liens se distendent, nous avec les Demy on a été si proches et attachés les uns aux autres maintenant on se croise aux enterrements et c'est à peu près tout, on partirait plus tranquilles ton père et moi si on savait que tu as quelqu'un, que tu as refait ta vie. Isabelle n'avait rien dit, rien annoncé, mais, discrète et vive, s'était arrangée, à plusieurs reprises, pour me faire rencontrer, chez eux à Verrières, son frère aîné et préféré, ou un cousin de Laurent, ou un voisin dentiste féru de jardinage, tous hommes provisoirement esseulés, aux périlleux abords de la cinquantaine, à la faveur d'un divorce ou d'un veuvage. Le cousin de Laurent, Philippe, enseignait l'informatique à l'université Paris-Est de Marne-la-Vallée après avoir passé près de trente ans à Tel-Aviv où habitaient ses deux fils ; l'œil bleu et le corps travaillé par la pratique ancienne du marathon, la parole rare et dense, il avait de solides arguments. Pendant près de trois ans j'ai retrouvé avec lui la connivence des westerns du dimanche soir au Champo ou au Grand Action ; nous nous sommes appliqués, nous avons été bons compagnons, nous avons fait les gestes qui habillent la vie ordinaire mais nous avions nos fantômes familiers. Je n'oubliais pas Karim et Philippe conservait dans sa chambre les cendres de sa femme, broyée, il n'utilisait que ce mot, à quarante-sept ans par un cancer foudroyant. Il aurait probablement fait un ami solide et précieux s'il n'avait choisi, à près de soixante ans, de partir vivre et travailler en Tasmanie d'où je reçois, chaque année, des vœux rituels de plus en plus lointains bien que manuscrits.

En septembre 1985 Karim n'est pas revenu d'Algérie. Il ne m'a pas téléphoné, il ne m'a pas écrit, il ne m'a rien fait savoir, il n'est pas revenu et c'est tout ; le silence a commencé, l'absence a commencé, son silence son absence ; j'ai tenu et j'ai continué et, pendant des années, j'ai sous-vécu, juste au ras des gestes et des choses, à peine à la surface, à peine la tête hors de l'eau. Karim avait cinq ans de plus que moi, il était né en Algérie, avait passé son enfance entre Lyon et Oran au gré de tribulations familiales dont il ne parlait jamais, il n'avait aucun souvenir de son père qui était déjà vieux au moment de sa naissance, je lui supposais, au moins de ce côté, des demi-frères et sœurs beaucoup plus âgés mais j'avais compris qu'il valait mieux ne pas lui poser de questions. Il disait qu'il fallait laisser dormir les vieilles douleurs et j'étais d'accord avec lui. Nous étions d'accord sur l'essentiel, nous ne nous disputions pas, nous nous sommes souvent tus ensemble et j'avais tant de confiance. J'ai bien connu sa mère, elle venait en France une année sur deux pendant trois semaines au mois de juillet et l'année suivante Karim allait passer une semaine chez elle à Oran ; il ne disait pas chez elle, il disait auprès d'elle, comme si elle avait été malade. On n'aurait pas su lui donner un âge, elle aurait pu avoir quarante-cinq ans ou soixante-trois, je n'ai jamais demandé, elle aurait pu être ma mère ou ma grand-mère. Elle avait vécu à Lyon et à Grenoble par intermittence mais parlait un français sommaire et rugueux, peu propice aux confidences. Elle ne me dérangeait pas, même si elle dormait sur le canapé du salon, elle épousait notre rythme et cuisinait merveilleusement ; nous prenions une semaine de congé et allions visiter des châteaux, Versailles, Vaux-le-Vicomte, Fontainebleau, Chambord, Azay-le-Rideau, Chenonceau ; nous partions pour la journée avec un pique-nique somptueux, elle aimait rouler, elle aimait les façades orgueilleuses, les escaliers monumentaux, les boiseries travaillées, les dorures, les chambres princières tendues de soies chamarrées, les fenêtres hautes garnies de volets intérieurs, les parquets au point de Hongrie et jusqu'aux cordons de passementerie bordeaux qui contenaient le flot des visiteurs ; les jardins l'ennuyaient et les forêts d'Île-de-France aussi, elle disait que c'était trop de verdure. Après cette semaine je les laissais seuls et j'allais passer une dizaine de jours chez mes parents ; c'était simple, ça s'était arrangé comme ça, sans négociations oiseuses. J'aimais bien sa façon de me prendre aux bras, en partant, en arrivant ; elle sentait bon le citron, la menthe, le foin sec peut-être, un parfum d'herbe en tout cas ; elle s'habillait à l'européenne, ne faisait pas ses prières, mais ne buvait pas d'alcool et ne mangeait pas de porc. Karim ne changeait pas ses habitudes devant elle. Aujourd'hui encore il m'arrive de me demander si cette femme était vraiment sa mère.

Horacio Fortunato grisonne aux tempes, nettement plus à gauche qu'à droite. Je l'ai vu aujourd'hui, je l'ai croisé deux fois dans les rayons avant de passer en caisse huit derrière lui, il faisait des courses plus importantes et avait pris un panier à roulettes à l'entrée du magasin. Il se penchait sur les produits d'entretien, lisait des étiquettes au dos des flacons, sans lunettes, et j'ai pensé que son profil gauche était doux, presque tendre. Quand il prenait les produits en main, il avait l'air de les caresser, de les envelopper, c'était quasiment incongru ; on aurait dit une cérémonie, il a dû servir la messe dans son enfance, peut-être à Saint-Pierre-de-Montrouge qui est justement l'église la plus proche de la rue Focillon ; on l'imagine en surplis, les cheveux bruns très drus impeccablement coupés sur la nuque les oreilles et le front, les pieds chaussés de souliers marron cirés par sa mère qui lui aurait aussi appris les gestes parce qu'un homme doit savoir s'occuper de ses affaires ; des souliers marron, pas noirs, le noir fait deuil et appelle la mort, c'est trop sérieux pour un enfant ou un jeune, le marron est mieux et va avec tout ; ses souliers auraient à peine dépassé, il a toujours été petit, plus petit que les autres, mais solide, costaud, vif et râblé, et jamais malade, aucune de ces maladies infantiles qui donnent du souci aux parents, les mères passent les nuits les pères ne savent pas que devenir, pas de scarlatine pas de rougeole ni d'appendicite, jamais d'angines ni d'otites, jamais enrhumé ou fiévreux au moment de partir à l'école, toujours d'attaque Horacio, et de bon vouloir ; peut-être pas tout à fait content, on n'aurait pas su vraiment dire s'il était content parce qu'il ne parlait pas beaucoup et souriait trop sagement pour que l'on se fasse vraiment une idée. La maîtresse du CE2, qui s'occupait bien des enfants, avait écrit dans l'appréciation de fin d'année qu'il était réservé et ce mot lui allait, réservé mais pas mou, pas lent, pas endormi, ni paresseux, ni distrait, ni étourdi, ni chochotte, on disait chochotte quand j'étais petite pour les enfants délicats qui faisaient toujours des manières ou des histoires, et ça n'était pas un compliment, surtout pour les garçons. J'imagine très bien Horacio Fortunato en enfant de chœur, impeccable, mais pas tout à fait convaincu ; on a tort de dire enfant de chœur, garçon de chœur irait mieux puisque les filles ne peuvent pas servir la messe, en tout cas elles ne le pouvaient pas dans mon enfance ni, je suppose, dans celle d'Horacio Fortunato, même s'il est beaucoup plus jeune que moi. Grand-mère Lucie, qui était pieuse, s'en indignait et trouvait que j'aurais été parfaite en surplis, elle ne m'aurait pas vue mais elle en rêvait. Elle était encore là pour ma communion solennelle et je me souviens de ses mains légères sur le petit col montant de l'aube, qui la ravissait, sur les plis plats, quatre plis plats deux sur la poitrine deux dans le dos, sur le nœud de la cordelette souple et soyeuse, sur les revers amples des manches ; elle avait exigé que nous achetions cette aube, avec son argent, elle n'en avait pas démordu, on ne louerait pas d'aube pour moi comme tout le monde faisait toujours, sauf dans certaines familles cossues, les gens penseraient et diraient ce qu'ils voudraient. Quand elle est morte, ma mère et moi avons placé cette aube sur elle, dans son cercueil, sur sa poitrine, avec la cordelette ; nous avons croisé, elle et moi, les mains de grand-mère Lucie sur l'aube que ma mère avait lavée plusieurs fois pour effacer les traces jaunes des plis.

Je pourrais être la mère d'Horacio Fortunato. De Gordana plus encore, mais je ne me vois pas en mère de Gordana dans les faubourgs de Cracovie, Sofia, Bratislava ou Brno ; je ne me vois pas embarrassée de cette enfant empêchée, très tôt barricadée, néanmoins rose et blonde, qu'a dû être Gordana. L'enfance des autres est un royaume lointain, on n'a pas accès, ça se dérobe ça échappe. Je n'imagine pas les premières chaussures de Gordana, le cordonnier du coin aurait bricolé dans une chute de cuir fauve un chausson montant souple et enveloppant, quelque chose qui tenait du sac, de la housse, de l'étui ; on aurait fait des essais, on aurait craint de blesser les chairs mais il fallait bien inventer une solution, la fillette trottait, galopait, se traînait quand elle ne pouvait pas faire autrement, se propulsait ; on avait du mal à trouver un mot pour le dire, on ne le disait pas, on n'en parlait pas et on ne s'habituait pas tellement à la regarder, on la regardait même le moins possible depuis qu'elle avait commencé à marcher, à vouloir jouer avec les autres enfants dans la cour, frères sœurs cousins voisins, elle était vive et même un peu sauvage, elle aurait été jolie, elle n'était pas joyeuse et se montrait acharnée jusque dans le jeu, elle se serait facilement battue, elle ne voulait déjà plus du tout se laisser transporter dans la poussette qui était pourtant bien pratique, elle criait dès qu'elle la voyait et on ne lui résistait pas tant elle était dure et difficile, on la plaignait aussi ; elle parlait peu, elle ne pleurait pas, elle comprenait tout. Elle sortirait du cercle de la famille et du quartier, elle irait à l'école, on ne pouvait pas la laisser avec son pied ficelé dans un manchon marron de laine épaisse solidement maintenu par un élastique qui ne gênait pas la circulation, la grand-mère avait eu cette idée parce qu'elle avait encore porté dans sa jeunesse des bas fixés comme ça et elle faisait aussi des conserves de légumes dans des bocaux fermés avec ce genre d'élastiques orange, larges et plats. On supposait plus ou moins qu'il devait exister ailleurs des médecins, des services spécialisés, on aurait peut-être pu l'opérer ; par la sœur de la voisine, qui était aide-soignante, on avait vaguement entendu parler d'un garçon qui avait été bien amélioré, mais pas guéri, ça ne se guérissait pas, surtout si on commençait les traitements trop tard, même après plusieurs opérations compliquées, au moins deux ou trois, et de longues périodes de rééducation ; on n'aurait pas su où aller pour ces opérations, ni à qui s'adresser, et le transport, les déplacements, on n'avait pas les moyens ni le temps, c'était trop loin, ces soins n'étaient pas pour nous, on travaillait à droite et à gauche, on passait sa vie à courir, on s'usait, on s'en sortait à peine avec tous ces enfants. Si encore on n'avait eu que celle-là, et heureusement dans un sens que l'on n'avait pas que celle-là, on ne connaissait pas d'autre cas dans la famille et le fils qui était venu juste après elle, vingt mois après, était bien droit, bien d'aplomb, il avait tout ce qu'il fallait, c'était la première chose que la sage-femme avait criée au moment de l'accouchement, il a tout il a tout, avant même de dire que c'était un garçon, et on avait compris que cette fois, c'était bon.

J'aurais pu être la mère d'Horacio Fortunato. Je l'aurais eu à dix-huit ans, presque dix-neuf, Lionel aurait été le père, mes parents, ma mère surtout, lui en auraient d'abord un peu voulu de n'avoir pas su faire les choses dans l'ordre ; la grossesse aurait été très difficile, il aurait fallu rester allongée, bouger le moins possible, entre le cinquième et le huitième mois, et les médecins auraient interdit une récidive, sous peine de risques mortels. Suzanne m'aurait dorlotée comme sa propre fille et on aurait attendu pour la robe, les chapeaux de belles-mères, le cortège entre la mairie et l'église, ma main gantée posée sur le bras gauche de mon père très sérieux et à deux doigts des larmes, les dragées, les chemins de table fleuris, la haie d'honneur au sortir de l'église et le grand tremblement des noces, le vin d'honneur avec tous les employés du garage et leurs épouses, on aurait tout fêté ensemble, le mariage et le baptême de l'enfant, le samedi 28 octobre 1967, le jour des trente-trois ans de Lionel, on n'avait pas fait exprès mais c'était un beau hasard. Les familles auraient à peine pensé que j'étais bien jeune, que je n'avais rien vécu d'autre et pas même eu le temps d'entreprendre vraiment les études de comptabilité dont on parlait pour moi, et aussi qu'il y avait une grande différence d'âge et que c'était un peu précipité ; mais Lionel avait déjà largement plus de trente ans, et une très belle situation, alors un enfant, et un garçon en plus, c'était une bénédiction, pour reprendre le garage plus tard, peut-être, si ça lui plaisait, s'il en avait le goût et la vocation, et surtout pour Georges et Suzanne qui avaient tellement souffert de ne pas avoir d'enfant et se trouvaient encore tout à fait vaillants pour servir de grands-parents-oncles-tantes à celui-ci. Je n'aurais pas pu allaiter ; après la naissance, j'aurais très vite retrouvé la taille mannequin, selon Lionel, ou la ligne salsifis, selon Suzanne ; sans jamais passer pour une mère indigne, et fortement encouragée par Lionel, j'aurais étudié la comptabilité à Nevers, déléguant volontiers les soins du nourrisson, les couches, les biberons, les rots, à Suzanne ou même à Georges, émerveillé au moindre sourire de l'enfant providentiel et tout empressé à passer les nuits en insomniaque invétéré, persuadé de veiller enfin pour la bonne cause. Ainsi secondée, épaulée, et entourée, j'aurais pu, à vingt et un ans, prendre en main toute la comptabilité de l'entreprise, jusqu'alors tenue par une dame efficace mais de plus en plus dépassée devant la belle expansion des affaires et peu rompue aux techniques modernes que je maîtrisais parfaitement. Lionel est mort à soixante-dix ans en 2004 d'une crise cardiaque, il n'avait jamais vraiment cessé de s'occuper du garage, il était divorcé, vivait seul et sa fille unique a très vite vendu l'affaire.

Karim était beau, il était très parfaitement beau ; toutes les femmes le pensaient, le sentaient, sous la peau, dans le ventre, c'était sans paroles, sans phrases. Il se donnait seulement la peine d'apparaître, le pas long, la nuque souple, les mains souveraines ; ses cheveux doux le nimbaient, lui faisaient couronne, on se perdait dans ses yeux verts, ses épaules et ses hanches donnaient envie de danser. Je n'ai pas résisté, j'ai été foudroyée, je brûlais dans ma robe en laine bleue à col pointu, j'ai gardé cette robe, longtemps ; je n'ai pas pensé à Lionel, à son chagrin, à sa colère, ni aux distances qui allaient se creuser dans ma vie, pour toujours, parce que Karim était arabe. En mars 1967 le 31, un vendredi, je terminais un stage de formation au service comptable de la clinique psychiatrique du boulevard des Batignolles, c'était le dernier jour, nous étions deux stagiaires dans la même situation, nous fêtions notre départ et la retraite du chef de service. Monsieur Bérard, qui offrait le champagne. Le beau-frère de Monsieur Bérard avait douze hectares de vigne, à Châtillon-sur-Marne, au bon endroit ; en plein dans le mille, aimait à répéter Monsieur Bérard qui, bonhomme et disert, invita les deux infirmiers de Sainte-Anne, venus raccompagner un malade très difficile, à se joindre à nous. Je me souviens exactement de chaque seconde de ce moment, quarante-quatre ans après ; Karim entra dans la pièce étroite où avaient lieu les agapes, précédé de son collègue, qui, plus âgé et familier de l'équipe, se mêla aussitôt aux conversations ; il resta quelques minutes en retrait, légèrement flottant, il avait ces façons, il semblait d'abord un peu ailleurs et ensuite sa présence s'imposait ; c'était dans ses gestes, sa manière de se tenir, d'écouter ; on n'oubliait pas, on ne l'oubliait pas, les hommes non plus, dont certains lui vouaient d'emblée une indéfectible et palpable hostilité. Monsieur Bérard lui avait tendu une coupe, une vraie coupe, pas un gobelet, on ne buvait pas le champagne dans des gobelets en 1967 à la clinique des Batignolles ; il avait appuyé son geste d'un tonitruant Roulez jeunesse, formule joviale dont il usait en toutes circonstances. J'étais là, happée, frappée, muette et nouée ; cette exclamation, entendue mille fois pendant le trimestre de stage, me transportait sur les manèges des fêtes foraines de mon enfance à Saint-Hilaire et, en même temps, le regard vert de Karim tranchait ma vie en deux, faisait frontière entre l'avant et l'après, le monde sans lui et le monde avec lui. J'ai senti passer sur moi, m'inonder, et me traverser, et me transpercer, et me clouer, me trouer, me caresser, cette lumière, cette onction, ce rayon, cette coulée ; coup d'épée coup de projecteur coup de foudre, glaive de feu, ordalie ; on appelle ça comme on veut, comme on peut. J'ai beaucoup cherché mes mots, sans les trouver tout à fait, pour ces choses que l'on ne raconte pas, que je n'ai pas racontées, à personne, et que j'ai seulement ruminées pour moi avant le départ de Karim pendant nos dix-huit années de commun et ordinaire miracle, et après son départ ; ou sa disparition, je ne peux pas choisir, même si je sais qu'il n'est pas mort, et qu'il a eu un fils, quatre ans plus tard, en 1989, à Marseille.

Ruminer appartient à grand-mère Lucie. Plus j'avance en âge, plus ses expressions me reviennent, sans m'avoir jamais tout à fait quittée ; de Karim, elle aurait dit, c'est un brigand, un voyou, une tête brûlée, un renard, un sapajou, un coq de bruyère, un prince, une diva, tour à tour et en bouquet, en salves. Sapajou dansait avec ses mains qui accompagnaient ses phrases ; mes frères, entre quinze et vingt-cinq ans, avaient été des sapajous, bruyants, agités, éruptifs, capables d'exploits minuscules et inutiles, pour le plaisir, pour la joie ; capables de l'emmener un 1er Mai, elle, voir l'océan à Saint-Jean-de-Monts, où les jumeaux avaient été moniteurs de colonies, parce qu'elle avait avoué à table, la veille, que c'était la seule promesse que son mari lui avait faite sans jamais la tenir, alors que les plages de la baie de Somme étaient tout près de chez eux. Tes frères ont repris le flambeau, dirait-elle ensuite, me racontant inlassablement, chaque 1er Mai, le départ en catimini à six heures dans le petit matin frais, le retour à minuit, le mot laissé sur la table de la cuisine pour mon père dont on empruntait la voiture et qui eût poussé les hauts cris, le menu très approximatif du pique-nique, du pain de la mayonnaise en tube des cornichons des gaufrettes à la vanille et du chocolat au riz, on avait oublié dans le garage les charcuteries, les fruits et le thermos de café. Elle n'avait pas vu la mer, elle l'avait sentie et entendue, humée, flairée, comme un chien de chasse, et écoutée, mieux qu'elle ne l'aurait fait si elle avait pu la voir; l'eau était froide, ils avaient tous marché pieds nus dans les premières vagues; tes frères me tenaient aux bras, ils criaient que la mer nous léchait les pieds, et qu'elle était verte, entre le vert et le gris, d'un vert difficile à dire, elle précisait, cherchant l'image juste, tournant autour avec gourmandise, verte et grise à la fois, comme certaines écorces d'arbres, ou des lichens, mais pas vert-de-gris, elle riait, et pas bleue, pas bleue du tout, surtout pas bleue. Ils avaient chanté tout du long, tout du long, à l'aller et au retour, plus de mille kilomètres, elle avec eux, les quatre, des chansons à la mode qu'elle entendait sur son petit poste gainé de gris, et savait par cœur mieux que les garçons, et d'autres chansons aussi, plus anciennes, qui venaient de son enfance et faisaient rire la jeunesse. Il faut que la jeunesse rie, elle soulignait cet adage de son index droit pointé, et appuyait sciemment sur le *e* final du verbe rire. Quand elle me faisait réciter mes conjugaisons, à l'école primaire, elle choisissait toujours des verbes joyeux, nous les appelions les joyaux de la couronne, récite-moi un joyeux joyau du troisième groupe Jeanne, et détache bien les lettres que je voie si c'est su ; nous avions des favoris, revivre, comprendre, résoudre, elle détestait conquérir et moudre ou traire, mais rire était notre préféré. Nous avions beaucoup ri avec Karim ; en cela aussi nous avions été jeunes. Aujourd'hui, dans le métro, dans le bus, ou dans la rue, ici dans l'avenue, devant le collège Courteline, il m'arrive encore de surprendre ces rires irrépressibles, cascadés, qui secouent à l'unisson et rassemblent une grappe mouvante de filles ou de garçons oublieux du monde sous le regard interrogateur, furibard, effaré des autres, des adultes, des vieux, des gens, des tristes, des assis, des rassis.

Gordana, enfant, aurait adoré les animaux ; de quoi faire lumière dans le tunnel gris des saisons entassées. Elle aurait aimé tous les animaux, ceux que l'on élevait pour les manger, les chèvres aux yeux jaunes affairées à brouter l'herbe des fossés et du moindre terrain vague dans ces banlieues sans nom où elle avait grandi, les lapins duveteux entassés dans de sommaires clapiers, les pigeons aux ailes gansées de rose, ou encore les poules réputées rétives aux effusions, mais aussi les autres, qui n'étaient pas nourris puisqu'ils ne seraient pas mangés, les chats faméliques et craintifs rompus aux brutalités éruptives des humains, et, plus que tout, les chiens ; des chiens sans qualité, sans état civil, affamés de naissance, rarement caressés, volontiers grégaires et forts en gueule. Elle n'aurait pas eu d'animal à elle, on n'avait pas les moyens, mais on l'aurait laissée libre de déverser, à grand renfort de borborygmes inépuisables et de rogatons infimes habilement chapardés, les torrents de son affection vacante et débridée sur ceux des autres, et sur les errants qu'elle savait amadouer et juguler en dépit de sa patte folle ; on disait ça, la patte folle de Gordana, on n'appelait pas la chose par son nom, ça n'avait pas de nom. En France, elle gardait cette passion des animaux mais n'en avait pas non plus ; comment avoir un chien, un chat, ou même un oiseau à soi quand on compte déjà pour tout avec l'argent à envoyer au pays chaque mois pour le gamin et la famille, et les logements ne sont pas faits pour ça, c'est trop petit, on est trop serré, les uns sur les autres, les gens trouveraient à redire, critiqueraient, et on n'est jamais là, on passe son temps au travail et dans les transports pour y aller et en revenir ; une bête c'est tenu, ça demande du temps et des soins, et ça coûte, même un tout petit peu ; si c'est pour la rendre malheureuse, mieux vaut ne pas en avoir du tout ; affaire réglée, classée, on n'en parle plus, on n'y pense même pas. Au Franprix, les seuls vrais regards qu'elle daignait couler depuis l'habitacle de sa caisse étaient destinés aux chiens plus ou moins placides attachés à l'entrée du magasin et voués à attendre le retour de leur maître en proie aux nécessités du ravitaillement. Un caniche abricot prénommé Nino, hors d'âge et affligé de menus tremblements, qu'il partageait avec sa maîtresse, non moins frisottée, précaire et chancelante que lui, me valait parfois le rare plaisir de surprendre Gordana en pleine conversation ; tandis que la cliente peinait à enfourner ses trois courses dans les tréfonds d'un cabas surdimensionné, Gordana, oublieuse de l'éventuelle file d'attente, s'employait à soulager l'angoisse supposée du chien en lui répétant, dans un français à la fois rogue et chantant, n'aie pas peur Nino elle est revenue la voilà, elle est revenue Nino la voilà n'aie pas peur.

La dernière fois que j'ai vu Isabelle, il lui restait six années à faire, peut-être moins si elle se tenait bien et obtenait ses remises de peine comme elle en avait la ferme intention ; elle venait de demander son transfert à Rennes où les jumelles étaient étudiantes en médecine. Elle ne voulait plus de parloir, sauf avec ses filles, et moi. L'année de ses quarante ans, le deuxième dimanche de mars, elle avait compris que Laurent menait une double vie, depuis longtemps, au moins cinq ans, puisqu'il avait un fils de quatre ans avec une autre femme, expert-comptable comme lui. Elle ne s'est pas confiée, à personne, ni à ses enfants, ni à ses frères, ni à moi, ni à ses rares autres amies ; elle n'avait pas beaucoup d'amies, elle disait qu'elle avait tout donné au travail et à la famille, tout donné, pas sacrifié, elle ne s'était pas sacrifiée, elle avait aimé cette vie très minutée, quadrillée, organisée, elle avait aimé son mari, ses enfants, leurs familles, au sens élargi du terme, et son métier ; c'est ce qu'elle a dit au tribunal, avec ces mots, exactement, et dans cet ordre, j'ai encore sa voix dans l'oreille, sa voix de tous les jours sa voix du bureau, intacte. Elle n'avait pas parlé à Laurent, n'avait pas crié, pas pleuré, ni supplié, ni cherché à rencontrer l'autre femme, à parlementer, à négocier, à comprendre, à démonter et remonter les rouages pour réinventer le cours de l'histoire. Elle n'avait rien changé à sa vie, à leur vie ; dans le jardin de Verrières, comme chaque année à la même époque, elle avait préparé son carré de terre pour les tomates, les courgettes et les salades, s'était occupée des rosiers et de la glycine, et avait sorti les lauriers qui passaient l'hiver au garage. Au bureau il avait été question de la haie de forsythias, de lilas double et de seringas qu'elle avait dû tailler sévèrement l'année précédente parce qu'elle empiétait trop sur la rue et gênait le voisin. On n'avait rien vu venir, je n'avais rien vu venir. Elle avait attendu trois semaines ; le dimanche de Pâques ils déjeunaient toujours en famille chez le frère jumeau de Laurent, célibataire récidiviste, notaire en Sologne, excellent cuisinier, bon vivant, chasseur averti et pêcheur invétéré, parrain des jumelles, et mélomane monomaniaque. Le lendemain, le lundi de Pâques, revenue à Verrières, elle s'était arrangée pour éloigner les enfants, les garçons au rugby et les jumelles au cinéma avec une amie et ses parents ; à quatorze heures, Laurent, comme prévu, était descendu au garage pour prendre la voiture et repartir au cabinet d'où il ne rentrerait que très tard, il travaillait énormément, sauf le dimanche, qu'il avait toujours préservé, et réservé à la famille ; Isabelle l'attendait, debout, à côté de la voiture, la meilleure carabine de son beau-frère en main. Elle avait tiré sans faillir, en face à face, et en plein cœur. Au tribunal elle avait répété, deux fois, il avait trahi il avait trahi ; sa voix n'avait dérapé que pour demander à ses enfants de lui pardonner d'avoir fait d'eux des orphelins ; ses filles avaient pardonné, elle n'avait plus de contact avec ses fils et s'est pendue dans sa cellule trois semaines après son arrivée à Rennes. L'incinération a eu lieu dans la plus stricte intimité. Je n'ai pas revu ses fils, ni ses trois frères qui ont transformé le commerce familial en une entreprise prospère et me répétaient au procès, les yeux rougis, les mains nouées, à quoi elle a pensé, on passe l'éponge, ou on ferme les yeux, ou on divorce, de nos jours on peut divorcer, à nos âges et dans leur situation c'est seulement une question de sous, heureusement que le papa et la maman ont pas enduré ça, heureusement qu'ils sont morts le papa et la maman, heureusement ; ils secouaient la tête sur ces mots d'enfance, le papa la maman les sous, qui restaient coincés dans leur gorge. Les jumelles vivent aujourd'hui à Lyon ; nous correspondons régulièrement par messagerie électronique et déjeunons ou dînons ensemble quand elles viennent à Paris. Elles connaissent et aiment leur frère cadet. Elles n'ont pas été démolies, elles sont vaillantes et formidables.

Le mot garçonnet va bien à Horacio Fortunato ; il est sorti de l'usage et vient aussi de grand-mère Lucie pour qui certains enfants mâles, pas tous, restaient des garçonnets jusqu'à l'âge de la grande communion ; ils entraient ensuite dans une catégorie indécise, difficile à nommer, même pour elle, dont ils ne réchapperaient qu'à la faveur du permis de conduire, du premier salaire, et du service militaire. Horacio Fortunato a fait son service militaire, il n'aurait pas même tenté de s'y soustraire ; il a posé en uniforme avec ses parents, sa mère déjà malade, très fatiguée, les traits tirés sous un sourire éclatant et appliqué, assise dans un fauteuil de velours marron à dossier haut, les pieds chaussés de cuir bordeaux, sa robe à manches longues, en lainage vert, proprement tirée sur les genoux, toutes couleurs, le vert, le marron, le bordeaux comme avalées, épuisées par les années et la lumière des jours depuis tout ce temps où la photo trône dans l'appartement du père et dans celui du fils au même endroit, sur la commode, dans la chambre, encadrée de bois verni par les soins du père qui fut un bricoleur inventif et minutieux. Sur la photo, le père et le fils ne sourient pas ; le père se tiendrait à la gauche du fauteuil, bras ballants, mains ouvertes, le front large et bombé, dégarni, la mâchoire carrée, plus grand que son fils, un autre corps, mais même inquiétude et semblable acuité dans le regard parce qu'il le sait, ils le savent déjà, père et fils, qu'ils ne pourront rien, que tous leurs soins, et leur belle énergie, et leur attente et leur veille et leur patience et leur douceur, pour ne pas employer de grands mots, que tout ça est donné en pure perte, épuisé, répandu en vain. Elle est encore là, la femme, l'épouse, la mère, une image d'elle restera sur la photo qu'ils garderont pieusement, précieusement, mais elle s'en va, à chaque seconde quelque chose d'elle sourdement se défait, coule, disparaît. Elle le sait aussi, elle n'y peut rien non plus, elle n'est ni révoltée ni résignée, elle eût bien voulu rester, avec eux, avec ses hommes, le père et le fils, qui sont forts et tendres et ont besoin d'elle, mais elle est rappelée, elle n'est plus là, elle les retrouvera, les siens, sa mère, sa sœur aînée, sa fille surtout, sa fille qui n'aurait pas dû partir avant elle ; les femmes de son côté ne durent pas, elles vident tôt la place, et laissent des veufs peu diserts flanqués de grands enfants pas encore tout à fait finis. La mère prie, et a toujours prié, elle a gardé sa religion, celle du père s'est un peu élimée, usée, ternie après la mort de la fille, elle ne sait pas bien de quoi il retourne aujourd'hui pour lui, et pour le fils non plus, on n'en parle pas, même maintenant ; elle voudra un prêtre, le moment venu, et sera enterrée à Saint-Pierre, c'est leur paroisse, le nécessaire sera fait et elle a confiance. La tombe de la fille est au cimetière de Bagneux, la fille est seule là-bas, depuis trente-deux ans, ça l'a fait pleurer pendant des années, les nuits, surtout l'hiver, de la savoir seule là-bas, de l'autre côté du périphérique loin dans la banlieue sous la pierre gravée et bien entretenue, bien fleurie, mais quand même, sa fille, seule, ça la faisait pleurer. Elle ira rejoindre. Sur la photo, le fils est à la droite de la mère et se tient raide dans l'uniforme qui a dû être d'un bleu très sombre, le pli épais du pantalon casse sur les chaussures noires et luisantes, sa main gauche est posée sur l'épaule de la mère, sur la robe verte, posée, comme un gant de soie.

Mon père a vécu seul un peu plus d'une année, quinze mois très exactement, et il est mort dans son sommeil, chez lui, à quatre-vingt-quatorze ans. Il aura évité son cauchemar de chaque jour, la dépendance extrême, le placement obligé en maison de retraite, ce qu'il appelait la fin des haricots. Curieusement aucun d'entre nous ne semblait avoir jamais pensé qu'il resterait le dernier ; notre mère oui, mais pas lui qui était beaucoup plus âgé et semblait si fragile, à bout de souffle, depuis tellement d'années. Il a continué comme avec elle, jusqu'au bout. Au début il faisait trop de provisions, il achetait comme avant, les mêmes produits en semblable quantité. À la retraite, ils avaient aimé aller ensemble aux commissions, ils ne disaient pas les courses, mais les commissions, et c'était une sortie nécessaire et une distraction inépuisable pour des gens qui avaient toujours disposé à peu près de tout à domicile et manqué de temps pour aller voir ce qui se passait chez les concurrents. Après la fermeture du magasin, il n'y avait plus d'épicerie dans le bourg, et plus d'ambulants non plus, sauf, chaque mardi, le tenace boucher-charcutier de Souvigny qui faisait de la résistance à la grande distribution, c'était son expression et mon père me la répétait avec gourmandise ; ils s'habillaient avec soin, mais sans cérémonie, on n'allait pas chez le médecin, ni à des obsèques, ni au repas annuel du troisième âge, on allait aux commissions. Ils prenaient la voiture, elle conduisait, en vieillissant elle s'était mise à aimer ça, plus que lui qui ne se faisait plus confiance ; ils avaient leurs habitudes à Souvigny, où un marché se tenait chaque jeudi, et, en cas de nécessité, poussaient jusqu'à Buxières le mercredi. Ils préparaient leur liste, au crayon ; il écrivait, lui, et n'aimait pas, une fois sur place, que l'on sorte de la liste, même s'il reconnaissait ensuite que, surtout en saison et au marché, elle avait eu raison. Il me disait au téléphone, ta mère a toujours raison, ou, tu me connais je suis comme un vieil âne, qui tient à sa crèche, sans ta mère, je mangerais toujours pareil. Après elle, grâce à des voisins attentionnés qui fréquentaient les mêmes fournisseurs et l'emmenaient avec eux, il avait continué à guetter les premières asperges, la petite pintade qui rentrera dans la cocotte bleue et fera trois repas, les fromages frais de Madame Lemaire qui fondent dans la bouche. Il m'en parlait au téléphone quand j'appelais le dimanche vers quinze heures et le mercredi un peu avant le journal télévisé. Sur les indications de la femme de ménage qui avait continué son service dans la maison comme du temps de ma mère, il s'était aussi sans peine mis à la lessive et repassait avec minutie ses considérables mouchoirs à carreaux, les ancestrales et patrimoniales serviettes de toilette en nid-d'abeilles et autres torchons bis festonnés de rouge vif, le linge de lit en coton lourd et les inusables chemises unies à manches longues, grises ou bleues, que ma mère commandait pour lui depuis vingt ans sur le catalogue de La Redoute. Il avait seulement cessé de boire du café, personne ne savait le préparer comme ma mère, ni trop léger ni trop corsé, et très chaud ; ils le prenaient, elle et lui, chaque jour, après le repas de midi, ils rangeaient d'abord la petite cuisine que remplissait le mugissement alerte de la cafetière ; le parfum montait, les enveloppait, accompagnait leurs gestes, mon père à la vaisselle, ma mère essuyant, remettant chaque chose à sa place ; ils s'installaient ensuite à la table de la salle à manger, mon père portait le grand plateau rond en cuivre, ma mère le précédait avec la boîte métallique et rectangulaire des provisions de chocolat ; ils prenaient le café fort, et le buvaient sans sucre, mais le tournaient quand même avec une toute petite cuiller en argent ; ils aimaient ce cliquetis délicat du cuiller, ils avaient toujours dit *le* cuiller, contre la porcelaine des deux tasses prélevées sur leur service de mariage qui ne servait que pour les repas de famille, et pour le 15 août, le jour des Demy, parce que les Demy étaient presque comme de la famille. Dans la voiture, le 25 décembre 2001, au retour du déjeuner de Noël qui nous avait rassemblés chez Denis et Babeth, mon père m'a dit, le café c'était ta mère c'est son parfum ; et sa voix s'est perdue. J'ai gardé leurs deux tasses, blanches avec un liseré d'or terni, et donné le reste du service et le grand plateau marocain en cuivre martelé à ma nièce Bénédicte qui a le sens de la famille et le don des vastes tablées.

Karim était infirmier en psychiatrie à Sainte-Anne ; je ne lui ai pas connu d'autre métier ni d'autre lieu de travail. Depuis vingt-six ans il m'est arrivé de douter de tout, de son âge, de son nom même et du peu que je sais de sa vie avant le 31 mars 1967. Je crois qu'il aimait ce métier et le faisait bien, il ne s'en plaignait pas, il ne me parlait que très rarement des malades, il ne fallait pas dépouiller davantage encore des gens tellement déjà dépossédés d'eux-mêmes, tellement envahis; il employait ces mots, et je pensais à l'histoire de nos deux pays, à la colonisation et à la guerre d'Algérie; j'avais raison d'y penser, il me le disait, l'histoire de la France et de l'Algérie était une folie, longue et violente, nous en parlions parfois, mais ce que nous avons pu en dire a glissé, s'est aboli, amuï, délité, a perdu toute consistance. Je revois ces moments, j'entends sa voix, la vibration particulière de sa voix dans ces conversations-là, autour de l'Algérie, des colonies, de la guerre, de l'immigration, mais nos phrases d'alors n'ont plus de sens; nous parlions, il parlait une langue qui m'est devenue étrangère. Quand il rentrait de l'hôpital, il se douchait, longtemps, et je sais encore comment il laissait l'eau très chaude couler sur sa nuque, les épaules ramassées, arrondies, les bras lâchés le long du corps, le menton rentré, les yeux fermés, jambes légèrement écartées, pieds parallèles, le corps imperceptiblement balancé, bercé, sur ses hanches étroites et mobiles; je pensais, mais je ne le disais pas, qu'il se consolait de l'hôpital, et de quelque chose de plus ancien à quoi je n'avais pas accès, et lui non plus peut-être. Il aimait les mots fou, folle, folie, s'affoler, follement, toute cette famille d'allumés que la psychiatrie officielle était en train de ravaler au rayon des insuffisants notoires et autres caricaturaux mal embouchés ; il les aimait pour le souffle, pour l'élan, pour l'éclat cru, parce qu'ils sont dansants et disent les choses et sont francs du collier ; fou était son préféré pour l'arrondi des lèvres qu'il suppose, comme un baiser tendre. Le lendemain du jour où Karim a eu quarante ans, c'était un soir de semaine, le lundi 3 octobre 1983, nous avons pris le métro à Odéon pour rentrer du cinéma où nous avions revu *My Darling Clementine* ; Karim avait la passion du western, il m'avait initiée et nous étions très affûtés sur la question. Nous sommes arrivés sur le quai encore saouls de chevauchées, d'horizons larges et de sentiments drus ; une grande femme blonde criait, son cri emplissait la station et montait se fracasser contre la voûte du tunnel, c'était un cri de ventre, rauque et strident à la fois, je n'avais jamais entendu ni imaginé ça ; sur chaque quai, les voyageurs s'étaient rapprochés les uns des autres, comme agglutinés, entassés pour faire face à la femme debout ; ils ne la regardaient pas et ne parlaient pas entre eux ; ils attendaient la rame, scrutant le boyau sombre comme si leur vie en dépendait ; et leur vie en dépendait, ils avaient raison, il fallait se sauver, se mettre à l'abri, au plus vite, personne ne pouvait supporter ça. C'est ce que Karim m'a dit le lendemain dans le noir de la chambre quand nous avons été couchés, nous n'avions pas reparlé de la femme ;

je n'ai pas posé de question, j'ai attendu, il a dit qu'elle séjournait régulièrement chez eux, dans son service ou dans un autre ; elle avait un prénom de fleur, Capucine, et dans une première vie, elle avait été chanteuse lyrique, cantatrice, il a précisé cantatrice. Il a ajouté, ça pourrait être moi, ou toi, ou ta mère, ou la mienne, ou ma sœur ou notre fille, n'importe qui, c'est en nous, ça couve, c'est comme un feu.

Hier matin pendant qu'Horacio Fortunato attendait en caisse huit, une personne était devant lui, une femme âgée, très lente, et une autre nous séparait, la radio a diffusé une vieille chanson *Le premier pas, j'aimerais qu'elle fasse le premier pas* ; je savais les paroles par cœur, elles remontaient, se déroulaient à l'intérieur de moi, flottaient autour de la nuque sombre, des épaules puissantes, de la blouse rouge gansée de blanc, et des courses déposées sur le tapis. Des mots coulaient sur les choses, *ne pas la brusquer, me faire signe tout bas*, se collaient à elles, des mots justes, précis, prédestinés, et inutiles. J'ai ri de moi-même à l'intérieur ; c'est mon côté fleur bleue ; c'est indéfectible et puissant, ça ne m'a pas quittée, je crois maintenant que ça ne me quittera pas. Chacun aurait sa part du monde, Karim aura été la mienne, et j'aurai été la sienne, pendant dix-huit ans, ce fut une grâce tenace ; je sens sourdement que l'homme sombre pourrait être celle de Gordana, et réciproquement. C'est autre chose que l'amour, c'est plus souple, plus confiant, c'est fluide et ça enveloppe sans embarrasser, ça n'empêche ni le vertige ni la solitude ; c'est une question de place à inventer. Je n'en parle pas avec mes frères ou mes belles-sœurs, mes neveux ou mes nièces qui vivent tous en couple et me trouveraient trop romantique ; ils penseraient exaltée, exaltée à froid, mais exaltée, et ils diraient romantique, parce qu'ils sont gentils, plutôt bien disposés à mon égard, et ont le goût de ces conversations légères et confiantes sur les choses du sentiment qui accompagnent les soirs d'été et les fins de repas sous les tilleuls, quand les enfants sont couchés et les nuits onctueuses et transparentes. Ils ont tous des maisons, des jardins, des tilleuls, ou des bouleaux frémissants, et des rosiers généreux ; ils m'invitent et je passe parfois, ici et là, je reste une soirée ou deux, c'est ma tournée, la tournée des familles, ils m'effleurent, nous nous effleurons, c'est précieux, ça habille. La chanson dit aussi *on peut s'attendre longtemps comme ça, on peut rester des années à se contempler, et vivre chacun de son côté*. Depuis la conversation surprise entre Horacio Fortunato et la femme courte de la pharmacie, je devine ce qu'il y a de douceur puissante, austère et formidable du côté de l'homme sombre ; c'est une rivière, une rivière large et verte ; Gordana s'y baignerait, elle consentirait, elle serait blanche, blanche et crémeuse, éclatante et délivrée de son corps.

Le fils de Madame Jaladis va venir habiter l'appartement de sa mère ; il le reprend, et le gardera comme pied-à-terre parisien pour sa retraite, qui est imminente ; il partagera son temps entre Paris et Saint-Valery-en-Caux, où il a une maison dont sa mère me parlait parfois. Elle me disait, en secouant la tête, les mains croisées sur ses cuisses, malicieuse et aimante, mon fils se plaît dans cette maison, il s'occupe de tout, de l'intérieur, du terrain, des fleurs, des artisans à faire passer, et de ce à quoi il faut penser pour qu'une propriété soit bien tenue, c'est du travail et du soin, ça ne peut pas se décréter rien qu'en claquant des doigts depuis Paris ; et elle s'accompagnait du geste, deux ou trois fois, s'agitant sur sa chaise tapissée de velours prune. Je sentais venir le moment de la belle-fille, et du petit-fils ; la belle-fille, elle n'employait pas son prénom, et, parvenue au sommet de son courroux contenu, disait ma bru, retrouvant le sommaire mot de la tribu qui m'était familier depuis l'enfance, cette bru donc ne se contentait jamais de rien, était toujours plus ou moins déprimée, travaillotait vaguement ici ou là comme assistante de direction, Madame Jaladis ponctuait, lapidaire, secrétaire, elle est secrétaire, trouvait la maison de Saint-Valery trop isolée et l'appartement de Paris trop bruyant, et n'avait voulu qu'un seul enfant, et maintenant il était loin, en Californie, marié là-bas, à une Américaine pour qui la France, l'Europe même, était un mouchoir de poche, un vieux machin, pire qu'une colonie, un pays sous-développé, Madame Jaladis insistait, multipliant les vocables et faisant claquer les consonnes ; et la bru pleurait, elle voyait peu son fils et encore moins ses petits-enfants, deux garçons, deux et quatre ans, qui ne parleraient pas un mot de français, vous entendez ça madame Santoire, pas un mot. L'indignation de Madame Jaladis connaissait un sommet avec ces arrière-petits-fils à peine aperçus, une fois, entre deux avions, qui ne sauraient pas la vieille parlure des ancêtres. Son fils lui montrait des photos, sur l'ordinateur, et aussi des films pris là-bas dans ces grandes maisons avec une piscine et des pelouses comme on en voit à la télé, mais ça ne lui disait rien ; elle nouait et dénouait ses mains, ça ne me dit rien, je suis dépassée, et je comprends que mon fils a de la peine, du souci dans son ménage, jamais il n'a la paix, jamais, sauf peut-être dans son jardin à

Saint-Valery ou quand il trouve le temps d'aller à un concert, le piano c'est sa passion, il a voulu apprendre mais il ne serait devenu qu'un médiocre interprète, c'est ce qu'il dit, alors il écoute les autres, les grands, il va même dans un festival l'été pour ça, ma bru n'aime pas, elle ne suit pas, elle regarde des séries en anglais sur Internet, pour rester au niveau et parler avec ses petits-enfants quand ils auront l'âge ; Madame Jaladis reprenait une gorgée de café, je m'arrête là madame Santoire, je m'arrête, je regrette pour mon fils qui se donne tant de mal dans son travail où il a de très grosses responsabilités, il ne se plaint pas, jamais un mot plus haut que l'autre sur sa femme, mais je regrette, et une mère voit les choses, une mère voit tout. Elle n'a pas vu, pas su que son fils était divorcé ; Jean-Jacques Jaladis a dit simplement, comme il eût réglé une formalité, je suis très attaché à cet appartement où j'ai grandi et il est parfait pour une personne seule, je suis divorcé, depuis cinq ans, ma mère ne le savait pas. Je l'ai croisé sur le palier du troisième, je sortais de chez moi et il montait au quatrième par l'escalier ; il est venu vers moi, m'a tendu la main, s'est nommé et a ajouté, vous êtes Jeanne Santoire, forcément, c'est incroyable que nous ne nous soyons jamais rencontrés depuis toutes ces années, ma mère vous aimait beaucoup, j'espère ne pas trop vous déranger avec les travaux qui devraient commencer dans un mois, ou deux, ou trois, vous savez comment ça marche avec les artisans; il a les intonations rieuses de sa mère, et cette façon d'incliner la tête vers la droite, d'un petit coup sec, pour ponctuer une affirmation. Avant de partir il a dit, en me regardant aux yeux, elle a laissé quelque chose pour vous, qu'elle a choisi elle-même, c'était prêt depuis des années, elle m'en a souvent parlé, je vous l'apporterai, une autre fois, si vous permettez.

Entre douze et treize ans j'ai eu la tentation des ordres, du couvent, de la religion embrassée qui vous arrache au monde. L'aube offerte par grand-mère Lucie pour la communion solennelle n'y était peut-être pas pour rien, elle me paraissait douée de pouvoirs magiques, protecteurs; je m'y étais sentie à la fois transparente et traversée de lumière et me souviens de ma déception en recevant les photos de la cérémonie, cet état d'exaltation intense n'ayant laissé aucune trace visible sur le petit visage appliqué de la troisième communiante du cortège approximatif étiré dans l'allée centrale de l'église de Saint-Hilaire, fleurie et bondée. Mes parents avaient invité la famille proche et les Demy; je garde de ce repas au restaurant du bourg, dans une vaste salle réservée à notre tablée et ouverte sur un jardin festonné d'iris mordorés, un étrange souvenir de lévitation intérieure, de délicieux vertige tandis qu'autour de moi les uns et les autres se récriaient, sur mes cadeaux, exposés comme il se doit dans le vestibule attenant à la salle à manger, sur le menu, parfait tellement parfait on ne saurait pas mieux faire chez soi et ça donne tellement de peine mieux vaut laisser travailler les professionnels surtout si on a les moyens, sur le temps, pour cette fois à l'unisson, vous vous souvenez pour les jumeaux une pluie, et un vent froid, on se serait cru à la Toussaint, et aussi sur Denis, mon frère aîné rougissant aux côtés de sa fiancée, Babeth, une fille du pays, la prochaine fête de famille serait une noce. Je flottais, nimbée de blanc et parcimonieuse en paroles, oui j'étais contente oui j'avais été très gâtée oui je serais demoiselle d'honneur au mariage de mon frère. À la rentrée suivante apparut au pensionnat une religieuse très jeune qui enseignait les mathématiques. Sœur Alice ne ressemblait à personne ; l'habit et le voile n'éteignaient pas sa beauté et la grâce du moindre de ses gestes nous rentrait les mots dans la gorge ; en la découvrant à la faveur du premier cours à la place de la poussive sœur Paule qui sévissait en quatrième depuis des temps immémoriaux, la classe entière, médusée et saisie, pensa à Blanche-Neige ; elle ressemblait à Blanche-Neige, elle était Blanche-Neige ; pâle de carnation, des lèvres éclatantes et veloutées, la soie sombre des cheveux que l'on devinait en dépit du voile, des yeux d'un bleu indicible, et des mains parfaites, des mains d'actrice ou de pianiste, des mains et des poignets comme nous n'en avions jamais vu dans la vraie vie, les ongles, les ongles surtout, légèrement bombés, d'un rose nacré de pierre précieuse ou de coquillage délicat, tout en elle nous fascinait, et les plus acharnées d'entre nous s'obstinèrent à guetter l'éclair de ses chevilles sous l'habit qu'elle portait fort long, à la façon ancienne, comme une robe de princesse, ou de fée. Nous n'avions pas treize ans et nous hésitions entre la princesse et la fée, sans songer à Grace Kelly ou à Brigitte Bardot, ou moins encore aux fraîches fiancées de nos grands frères, trop incarnées, trop humaines, trop triviales ; les supputations et commentaires, tous plus romanesques les uns que les autres, ne finissaient pas, nous étions évidemment la troupe des nains, éblouie et affairée à lui plaire, vouée à son culte, avide de prévenir le moindre de ses désirs, effacer le tableau, faire l'appel, ouvrir les fenêtres pour aérer la classe, nous eussions porté son cartable de cuir brun et grenu qui, à lui seul, nous semblait un inestimable joyau. Elle sentait bon, le citron la fleur d'oranger l'eau vive le paradis, et nous ne perçâmes jamais le mystère de sa voix, précise, alerte, veloutée, mâtinée d'une imperceptible pointe d'accent étranger. Chaque jeudi après-midi, nous nous régalions de l'imperturbable et hebdomadaire panique du débonnaire abbé Coursolles, notre professeur d'instruction religieuse, bredouillant, rouge, échauffé, éperdu, à la seule évocation du nom de sœur Alice que nous lui servions à tout propos, et surtout hors de propos. Ce feuilleton enchanta grand-mère Lucie, instruite dûment chaque fin de semaine, quand je rentrais à Saint-Hilaire du samedi après-midi au dimanche soir, mes parents ayant obtenu cet aménagement confortable en vertu des relations privilégiées entretenues avec l'intendante du pensionnat dont ils étaient l'un des fournisseurs attitrés en épicerie. J'entends encore le rire tenace, éblouissant de jeunesse, de grand-mère Lucie découvrant le commode surnom de PC, pour Prince Charmant, ou Père Coursolles, dont l'abbé resta affublé jusqu'à la retraite. À la rentrée suivante, sœur Alice n'était plus là ; envolée disparue dissipée, comme un mirage ; nous ne sûmes rien d'elle et vécûmes encore quelques semaines dans le sillage de cette comète émouvante, menant la vie dure à la toute terrestre Madame Bonnet qui s'appliquait à lui succéder. Ensuite la vocation me déserta, pour la plus grande joie de grand-mère Lucie et de mes parents, mais j'embrassais définitivement la cause des mathématiques, entrant au royaume des chiffres véloces et des opérations efficaces comme on entre dans les ordres, pour n'en plus ressortir.

Un jour de l'automne dernier, à la télévision, dans une émission littéraire qui passe le jeudi et que j'écoute parfois, même si je lis peu de romans, j'ai entendu un écrivain dire cette phrase, après cinquante ans le corps dévisse ; il parlait d'une voix posée, d'un grain légèrement métallique et soyeux à la fois, avec des gestes menus et élégants des mains ; il croisait les jambes, ses chaussures étaient de belle facture et aussi le pull fin à encolure ronde, d'un bleu très sombre, qu'il portait à même la peau. Il s'appelait Pierre Ubac, j'ai retenu son nom parce qu'ensuite j'ai acheté son livre et je l'ai lu, un petit livre mince et jaune d'or, une couleur dont on n'a pas l'habitude pour les livres. Je le garde à portée de main, sur ma table de chevet ou dans mon sac, il est léger et solide, et j'en relis des bouts le soir avant de m'endormir ou dans le métro quand le trajet est long et que mon regard n'accroche sur rien ni personne, ce qui est rare ; je me surprends à en retenir des bribes, des expressions qui me viennent, surgissent, résurgent, dans mes ruminations ou dans telle ou telle conversation avec les amis, toujours les mêmes, une poignée de fidèles choisis, que je retrouve au cinéma, dans les expositions de peinture, dans les musées, pour marcher à Fontainebleau et dans la vallée de Chevreuse, et pour voyager aussi. Les mots de cet écrivain qui a douze ans de moins que moi sont devenus les miens, sont rentrés dans mon corps et sous ma peau, se sont logés derrière mes dents ; je les ai avalés ; même si ça me gênait, au début, maintenant je n'y pense plus, je ne le cite pas, mes amis ne lisent pas ce genre de livres. Ce sont des portraits d'hommes, écrits par un homme qui aime les hommes, et j'ai pensé que cet écrivain aurait pu faire le portrait d'Horacio Fortunato dans son livre ; le portrait que je préfère est accompagné d'une photo en couleurs que je me suis forcée à ne regarder qu'après avoir lu le texte une première fois. Un grand corps est sur la photo ; un grand corps, plus tout à fait un garçon, mais pas exactement un jeune homme, ou un homme jeune, ou un homme ; derrière lui, dans son dos, des arbres moutonnent, montent, en houle drue, prêts à tout envahir, à tout dévorer ; on sent qu'il faut au moins un grand corps comme celui-là pour faire face, pour résister, ou pour se rouler en riant dans toute cette verdure ; mais, surtout, et c'est comme le nombril du livre, mon père disait en se moquant de Saint-Hilaire que c'était quand même le nombril du monde, surtout, sous la main droite du garçon qui se déhanche un peu pour l'effleurer du bout des doigts, il y a la tête velue d'une bête, d'un chien ; et ce chien n'est pas un chien, c'est un loup, et même une louve ; on le lit dans le texte et on en reste saisi comme au seuil d'un beau mystère. Je suis restée saisie, par la louve et la main posée sur sa tête, entre les deux oreilles mobiles et douces, mais aussi et surtout par la façon qu'a eue cet écrivain, Pierre Ubac, d'amener tranquillement dans son livre bien tenu le sauvage de la bête, comme liée par une corde invisible, et de dire tout aussi tranquillement à la télévision que le corps dévisse, après cinquante ans. J'ai dévissé, je dévisse, chaque jour, mais ça va, je n'ai pas mal, pas encore. Je profite, j'en profite.

Un été sur deux, celui où sa mère ne venait pas, nous partions avec Karim au sud du Sud, à Port-Vendres, et y restions deux semaines ; nous avions découvert cet endroit en mai 68, un peu par hasard, en roulant vers le bleu après avoir quitté Paris dans la nuit du 11 au 12 mai parce que Karim se méfiait de ce qu'il appelait la grande lessive; nous occupions une chambre blanche, immense, haute de plafond, presque nue, et une salle de bains antique et sommaire, au dernier étage d'une vieille maison dans une partie du port qui ne concédait pas tout aux touristes, aux terrasses, aux boutiques et à la navigation de plaisance; les trois fenêtres ouvraient sur les quais, les bateaux, les filets entassés en monceaux de couleurs usées, des odeurs des cris des appels, et tout le remuement de ce travail auquel Karim et moi ne connaissions rien. Nous restions au bord et nous nous laissions bercer, traverser. Les soirs Karim s'accoudait à la fenêtre du milieu, il fumait un petit cigare dur dont j'aimais ensuite retrouver l'âcreté discrète sur sa peau, dans sa bouche; ses hanches minces, la ligne du dos, des épaules, de la nuque bouclée, se découpaient dans le crépuscule. Dans la chambre, sur l'unique fauteuil, bas et enveloppant, d'un vert étrangement laid, très exotique, presque inquiétant, je lisais de gros livres confortables, des romans policiers traduits de l'anglais ou des biographies de personnages célèbres, Napoléon, Champollion, Pierre et Marie Curie, Marie-Antoinette, Charles de Gaulle. Tôt le matin nous partions aux criques, nous en connaissions plusieurs, quatre ou cinq, infimes et acrobatiques, nichées, secrètes, éperdument bleues ; nous faisions les chèvres, c'était le mot de Karim, suspendus aux méandres d'invraisemblables sentiers très dérobés, parfumés d'anis sauvage et d'autres plantes têtues dont nous ne savions pas le nom ; j'étais meilleure chèvre que lui, il me suivait, sûr et lent. Aux heures cuisantes du milieu du jour, la peau salée, rassasiée de lumière et l'estomac lesté d'une tomate et de pain frotté d'ail, je partais vers d'autres criques, d'autres chemins, pentus, griffés de soleil, noyés de vent chaud. Karim nageait longuement. Nous parlions peu. Nous étions, je l'ai pensé plus tard, dans la pleine gloire de nos corps souples, et à la proue de nous-mêmes. Je n'ai gardé aucune photo de ces étés, de ces matins nacrés, quand le premier soleil touchait le creux du rocher où nous l'attendions, tapis dans le frais de l'aube, j'ai trop de mémoire. J'ai longtemps échangé des souhaits de Nouvel An avec les propriétaires de la chambre, un frère et une sœur âgés et célibataires que nous avions, les deux premières années, pris pour un couple ; réfugiés de la guerre d'Espagne, ténébreux, noueux, altiers de gestes et de maintien, avares de paroles, certains jours, après notre départ, ils déposaient pour nous au seuil de la chambre, dans un singulier panier boucané, nanti d'un couvercle à deux battants, de menues merveilles, tomates, courgettes rondes indiciblement farcies, fromages de chèvre veloutés, abricots parfaits. En janvier 1986, j'ai envoyé mes vœux, je disais aussi que nous ne reviendrions plus, et que j'étais désormais seule, je peinais à écrire nous, je ne pouvais pas écrire son prénom. Le frère m'a répondu, comme il le faisait toujours, sur un papier crème onctueux, en des termes chaleureux et presque enjoués qui contrastaient vivement avec nos usages estivaux ; il écrivait et la sœur signait, María Encarnación, d'une écriture ronde, élégante, juvénile, qui dansait sur la page ; dans la lettre de janvier 1986, elle avait ajouté, au dos de la feuille, au milieu, sur trois lignes, sans majuscules et sans ponctuation, tenez bon on reste entier on reste.

En cherchant sur Internet Gordana aurait compris qu'elle aurait pu être soignée, il aurait fallu commencer très tôt, le plus tôt possible, ça n'aurait pas été facile, elle aurait été immobilisée, elle aurait porté des attelles et d'autres dispositifs de contention, on aurait d'abord réduit la déformation et ensuite consolidé le résultat, elle aurait sans doute été opérée, des médecins se seraient penchés sur elle et l'auraient félicitée pour son courage et son endurance ; à dix-neuf ou vingt ans elle aurait marché presque normalement, peut-être avec une semelle orthopédique dans sa chaussure, et elle aurait pu courir sauter danser; si on n'avait pas su, on n'aurait rien soupçonné, à peine une gêne passagère, une séquelle d'accident; elle aurait inventé ça, une séquelle d'accident de voiture, avec ses parents, à dix ans, en revenant de vacances, un car de tourisme, vide heureusement, dont le conducteur s'était endormi, sa mère était restée handicapée. Si elle était née en France, en Allemagne, ou en Angleterre, en Italie même, si elle était née du bon côté, elle aurait été réparée; elle se le disait comme ça, avec ce verbe, réparer, et cette expression, du bon côté, mais elle n'en parlait pas; elle en aurait parlé à qui, avec qui. Elle aurait été blonde et dorée, cavalière racée, et vétérinaire pour les chevaux, dans un haras les premières années, ensuite elle aurait voyagé dans le monde entier, on l'aurait appelée pour sauver des chevaux de grand prix atteints de maladies rares et mystérieuses, des paralysies de l'arrière-train, des asthénies foudroyantes, des catalepsies, elle bricolait des noms de maladies; sa réputation aurait été internationale, à quarante-cinq ans, fortune faite, elle se serait retirée en Angleterre, dans le Dorset, où elle aurait créé un élevage, et les meilleurs cavaliers du Royaume se seraient disputé l'honneur de monter des chevaux nés et élevés chez elle. Elle aurait eu deux chiens, toujours deux et seulement deux, des lévriers russes, des barzoïs, un couple ; une fois, à la télé, l'année de ses treize ans, dans un documentaire animalier, Gordana avait vu un couple de ces chiens courir sur une plage, à Cuba, et elle avait tout retenu, les noms des chiens, Ix et Dax, et qu'ils étaient russes, rares, très chers, délicats, ombrageux, fanatiquement attachés à leurs maîtres, et exceptionnels ; elle n'avait pas compris comment ni pourquoi des chiens russes couraient sur une plage à Cuba où ils devaient avoir trop chaud, mais elle avait emporté l'image parfaite des deux bêtes, de leur élan, de leur jaillissement dans la lumière du soir sur une plage rose et vide. Elle penserait parfois au bon côté ; c'était aussi et surtout une histoire de famille ; pour être réparée, il aurait fallu une autre famille, une autre tribu, d'autres gens, moins fatigués, moins abandonnés, résignés, écrasés, cabossés, moins usés, rétamés, fichus, fracassés, foutus. Elle avait du vocabulaire, elle attrapait les mots à l'oreille, les flairait, les saisissait, les mâchouillait dans ses soliloques, les ingurgitait, et, en dépit de son peu de goût pour la conversation, eût été furieusement douée en langues. Elle aurait été bulgare, elle aurait lu en bulgare, de gros romans, quasiment tout et n'importe quoi, pourvu que ça la prenne et l'arrache, à l'ici, à sa vie, à cette vie qui n'était pas pire qu'une autre, et pas meilleure non plus puisque toujours et partout, il y aurait le pied son pied sa patte. Avant d'arriver en France, au fil de tribulations plus ou moins hasardeuses, elle avait étoffé le vague ramassis d'anglais ânonné dans les écoles entre onze et seize ans ; au magasin, la veille de Noël, elle avait répondu à une femme qui lui souhaitait de joyeuses fêtes en français avec un accent américain prononcé, j'étais trop loin pour tout comprendre mais j'avais aussitôt reconnu sa voix, plus légère, dégagée, haussée d'un ton, l'échange semblait parfaitement fluide, alerte, et Gordana avait presque souri. Elle aurait aussi happé de solides rudiments d'allemand, savait s'arranger en polonais ou en tchèque, et avait gardé d'une passade russe un vocabulaire sommaire et efficace. Elle n'avait que des passades, de brèves histoires de peau qui la jetaient contre des corps, sur des lits ou ailleurs, ça ne durait pas, ça ne pouvait pas durer, elle était très vite embarrassée des autres, des hommes comme des femmes ; les autres empiétaient trop, voulaient trop, étaient de trop dans sa vie ; et réciproquement. Elle tenait toute la place, elle avait déjà assez à faire avec elle-même, l'argent à gagner, la boiterie, et le fils, le garçon, là-bas, laissé, qu'elle perdait, qu'elle avait perdu, qui était perdu.

Après la mort de notre père, mes frères et

moi avons vidé la maison de nos parents que la mairie avait achetée, elle serait démolie et une extension des installations sportives voisines avalerait le terrain ainsi dégagé. Eux dont l'existence entière avait été cernée et saturée et nourrie de produits, à choisir, à commander, à réceptionner, à stocker, à mettre en rayon, à vendre, à trier, à classer, à ranger, avaient eu l'élégance et la prévenance de faire place nette, de ne pas transporter et accumuler dans cette maison sans histoire les strates successivement entassées dans le magasin et ses entours ou dépendances par trois générations de Santoire. Je comprenais mieux, et mes frères et belles-sœurs avec moi, le mot de ma mère répétant avec une satisfaction tangible et inépuisable combien la retraite l'avait allégée, les avait allégés tous deux ; cette insistance nous avait surpris, notre mère ne s'étant jamais plainte, même les dernières années, du commerce, de ses contraintes et aléas, au rebours de notre père, que son tempérament plus sombre, toute son éducation, et son lourd surcroît d'âge portaient aux vertiges anticipatoires et à la mélancolie. Les meubles, les bibelots, les papiers, les photos, les vêtements, les chaussures, le linge, la vaisselle, et jusqu'aux ustensiles de cuisine et aux outils, tout, on le sentait, avait fait l'objet de sélections draconiennes et réitérées ; les voiles étaient carguées pour le départ, nous ne serions pas encombrés, nous n'aurions pas à charrier des sacs de rebuts plus ou moins identifiables ni à délibérer sans fin pour savoir qui de nous quatre garderait le vieux baromètre poussif et indéchiffrable, instrument des vaticinations météorologiques de notre mère, ou le disgracieux cendrier à tête de zèbre acheté jadis à Paris, peut-être à l'occasion d'une Exposition universelle, en 1889 ou en 1900, par un oncle de notre père féru de curiosités. Le gros de la besogne avait été fait par eux, en toute discrétion et de conserve, au moment où ils étaient entrés dans la maison nouvelle, et nous n'en avions à peu près rien vu ni perçu parce que les meubles étaient là, le décor, la plupart des objets usuels, et surtout les gestes, une façon de s'asseoir, de se pencher en pliant les genoux pour sortir un plat du four de la cuisinière, avec un torchon entortillé, jamais en usant de la manique ou du gant offert par l'une ou l'autre des brus, une manière aussi de s'adosser au frigo dans la cuisine pour peler une pomme avec le petit couteau à manche orange. Certains tiroirs de commodes, ou étagères de placards et d'armoires se révélèrent vides, c'était émouvant et solennel, les jumeaux en auraient presque regretté de ne voir ressurgir aucun de ces vestiges des enfances enfuies et enfouies dont les parents sont peut-être comptables auprès de leur descendance, voiturette désossée poupées mutilées cahiers d'école billes encore éclatantes, et autres. Dans une boîte rectangulaire de carton fort et blanc, sous le lit de nos parents, nous avons cependant trouvé un paquet de lettres, nouées d'un large ruban vert pâle, adressées à Suzanne Santoire chez sa marraine, Marguerite Martagon, 12, rue des Peupliers, à Nevers, et accompagnées d'une carte de visite, glissée sous le ruban, où notre père avait écrit, au crayon gras, en grandes capitales nerveuses, année noire à brûler sans ouvrir après ma mort ; ce que nous avons fait, ensemble, les quatre, sans même nous autoriser à regarder les dates sur les enveloppes jaunies.

Horacio Fortunato aimerait les fleurs, et les arbres, tous les arbres mais surtout ceux qui fleurissent dans les villes, les catalpas, les marronniers, les lilas des squares, ou les forsythias et les seringas, même si ce ne sont pas tout à fait des arbres, et toutes les fleurs, mais surtout les vivaces, les têtues, celles qui recommencent et s'obstinent et persévèrent dans des pots et des jardinières, aux fenêtres et sur les balcons ou les terrasses, aux pentes des talus ensauvagés qui bornent les voies de chemin de fer, au pied des platanes du boulevard Raspail ou de l'avenue René-Coty. On le voit à sa façon douce, soignée, efficace de se pencher pour prendre les produits dans les rayons ; ses gestes sont précis et patients, vifs et puissants. Chaque année il guetterait les premiers crocus de la fin février ou du tout début de mars, les jonquilles téméraires cueillies dans les fins fonds de l'Essonne ou des Yvelines et vendues en bottes épaisses au sortir du métro par des femmes aux doigts gourds et des enfants empaquetés dans de mauvais anoraks ; il espérerait les iris chiffonnés et les coquelicots imperturbables de la ligne B du RER, les hampes balancées des roses trémières de juillet et les lavatères tenaces et délicates. Il aurait noué une relation particulière avec un certain rosier Graham Thomas, luxuriant et jaune, en verve perpétuelle, de mai à décembre, et comme négligemment drapé, jeté, au sommet et à l'assaut d'un haut mur blanc, à l'angle de la rue de Toul et de l'impasse Chausson, à deux pas de chez son père, jamais il n'aurait cueilli une seule de ces roses pourtant tellement offertes ouvertes profuses, il se serait approché, les aurait humées, de près, à les effleurer, à les toucher, de la main en coque renversée, ou des lèvres, de près, de si près, à les mordre, à les manger, mais il n'aurait pas cueilli, il ne l'aurait pas fait, il ne le ferait pas, Horacio Fortunato ne ferait pas ce genre de choses, en dépit de son envie, il y penserait seulement et retiendrait les gestes, les enfouirait, les enfoncerait à l'intérieur de lui-même, en souplesse et en puissance, en respirant avec le ventre, comme on l'apprend au karaté. Dans un roman que l'on m'avait prêté, j'en ai oublié le titre et l'auteur, une femme mangeait les pivoines ; elle ne les mangeait pas vraiment, elle n'avalait pas les pétales, mais elle mordait la pivoine au cœur, elle ne pouvait pas s'en empêcher, surtout si la pivoine était tiède, au plein du soleil, et odorante, insensée, je me souviens de ce mot qui était répété, et aussi que ça ne laissait pas de cicatrice dans la chair pleine de la fleur. Horacio Fortunato trouverait les pivoines un peu trop capricieuses, mais il aurait la main verte et son balcon s'honorerait d'une clématite royale, d'un bleu abyssal, triomphant et modeste. Il aurait hérité de sa mère une indéfectible dévotion aux géraniums de la tombe, à Bagneux, et s'occuperait aussi chaque vendredi des trois orchidées blanches qui étaient le trésor de son père et trônaient, éclataient tour à tour, charnues, lumineuses, impérieuses et impavides, sur le meuble bas de la pièce à vivre, à côté de la télévision.

Ma mère regrettait vivement que je n'aie pas de religion et me le disait, avec ses expressions ; les mauvais jours, elle secouait la tête de droite à gauche et pointait le menton à petits coups secs pour insister, ça me fait mal, tes frères ne font pas tant d'histoires, ça te dégarnit, ou, on en reparlera quand tu auras passé cinquante ans ; d'autres fois elle ajoutait plus légèrement, essaie seulement l'appétit vient en mangeant, ou, entre sentence et facétie, ça ne peut pas faire de mal si ça ne fait pas de bien. Elle allait peu à la messe sous prétexte que le magasin était ouvert le dimanche matin, elle ne portait pas de croix en or ou de médaille bénie, elle ne participait pas au pèlerinage diocésain annuel à Lourdes ou à Lisieux, on ne voyait pas de crucifix dans la maison, seulement le buis des Rameaux coincé derrière le baromètre à gauche de la porte d'entrée ; elle n'était pas d'église comme l'avait été sa mère avant la maladie, mais elle priait pour les uns et pour les autres ; elle priait en dedans, ses lèvres bougeaient à peine, elle ne joignait pas les mains, elle ne s'agenouillait pas, elle ne se retirait pas dans une pièce dévolue à cet usage exclusif, elle pouvait prier en repassant, en épluchant les légumes du bouillon ou des pommes pour une tarte, ou en reprisant des chaussettes, mais pas en faisant le ménage ou au magasin, ni en présence de sa mère, de mon père, ou de l'un de nous, les quatre enfants, autant se mettre toute nue sur la place pour ameuter les gens ; elle avait eu cette image dont nous avions beaucoup ri quand, un été, à seize ou dix-sept ans, je lui avais demandé quand et comment, et avec quels mots elle priait ; elle commençait et terminait toujours par un Notre Père et un Je vous salue Marie, entre les deux c'était comme une langue étrangère que personne n'aurait comprise et qu'elle ne pouvait pas me décrire, mais ses intentions de prière étaient très précises, la santé de chacun évidemment, les examens, tous les voyages en avion ou les imperturbables migrations estivales qui la noyaient d'inquiétude ; elle priait pour les grandes choses et les petites, pour sa tribu et pour le monde, et pouvait me répéter au téléphone, au moment du procès d'Isabelle, combien elle et les siens, tous les siens, les vivants et le mort, étaient dans ses intentions comme le furent en 1994 les massacrés du Rwanda et ceux de la place Tian'anmen en 1989. Elle aimait que je lui demande, et je le faisais très volontiers, sans y réfléchir, de prier, et parfois même, dans les cas critiques, de mettre un cierge à l'église, pour tel ou tel de mes amis ou connaissances, ou un collègue, ou Madame Jaladis qui avait exactement son âge, qu'elle ne connaissait pas et ne connaîtrait pas puisqu'elle professait une sainte horreur des villes en général et de Paris en particulier, sans me demander jamais pourquoi je m'obstinais à y habiter, surtout après Karim. Pendant les dix-huit années où j'ai vécu avec lui, elle s'en est tenue à la ligne imposée par mon père, on ne verrait pas cet homme, on ne le recevrait pas, il y avait ce trou noir dans ma vie et nous n'en parlions pas. Après son départ, quand elle a compris que je déménageais enfin et achetais, seule, un appartement où je vivrais, seule, elle m'a dit, un dimanche, au téléphone, et je n'ai pas cherché à en savoir davantage, qu'elle priait pour moi, plus que jamais, et pour lui aussi, qui m'avait perdue.

Aujourd'hui j'ai vu et entendu le rire de Gordana et elle n'était plus la même personne, j'étais presque fière d'avoir deviné à quel point son rire pourrait être un événement, un séisme considérable, une aurore nouvelle, et je me suis sentie un peu vengée de n'avoir pas remarqué qu'elle était gauchère avant de l'avoir vue tourner les pages de son livre dans le métro. Elle riait avec Régis qui s'occupe des livraisons, Régis est une figure du Franprix et du quartier, tout le monde le connaît, il doit mesurer près de deux mètres, on ne peut pas lui donner un âge, la peau de son crâne et de son front luit parfaitement et il étreint les caisses de livraison rouge et bleu bourrées de marchandises comme il eût en d'autres temps et d'autres lieux emporté une fraîche cavalière dans un bal sous les lampions d'un soir d'été. Madame Jaladis l'aimait beaucoup, il vient du même village qu'elle, dans le Cantal, Saint-Amandin, ce nom m'a toujours fait penser à un gâteau, et elle me racontait volontiers ce qui, dans sa bouche, prenait des allures de légende rugueuse, la petite ferme louée, perchée à mille deux cents mètres d'altitude, les deux frères beaucoup plus âgés restés célibataires, vieillis sous la férule d'un père mort centenaire et tout-puissant, les hivers qui ne finissent pas, les étés dévorés de travail, la fidélité sans faille à des méthodes dépassées, archaïques, médiévales, j'entends encore Madame Jaladis et je revois ses mains qu'elle agitait dans l'air devant elle comme pour écarter une menace toujours tangible. Les deux frères n'avaient pas le permis de conduire, le père non plus, ils descendaient à l'épicerie du bourg en mobylette ou en tracteur acheter du pain, du pâté, du chocolat. Madame Jaladis ne savait rien de la mère, pas plus que si elle n'avait pas existé, et voyait dans cette sommaire liste de courses l'aveu de la grande misère des hommes seuls qui ne mangent pas chaud. Régis s'était rebellé, avait claqué la porte, quitté le pays, roulé sa bosse, fait un peu tous les métiers et servi dans la Légion avant d'atterrir, elle ne savait pas comment, au Franprix de la rue du Rendez-Vous où il avait la haute main sur les livraisons, l'entretien et le gardiennage ; il habitait au 95 de la rue une ancienne loge de concierge qu'il avait achetée, Madame Jaladis l'en félicitait constamment, c'était du solide et il aurait au moins toujours un toit sur la tête ; la fenêtre unique de la loge jouxtait le local du magasin et toute la vie de Régis se tenait ramassée là, entre le 93 et le 95. Il ne retournait pas au pays, il n'avait pas de relations avec ses deux frères, retraités à Marcenat et naufragés de l'agriculture de montagne ; même pour l'enterrement de son père il n'y est pas allé vous vous rendez compte, un homme qui a l'air si gentil, si doux, si tranquille, et toujours prêt à rendre service, il a fallu qu'il s'en voie et qu'il en endure dans sa famille pour en arriver là. Aujourd'hui je suis passée devant le magasin dix minutes après la fermeture, je les ai repérés de loin, Régis et Gordana, plantés sur le trottoir, devant la porte de l'immeuble de Régis, en grande discussion, lui penché sur elle et montrant des photos en couleurs dans un journal, elle, bancale et souveraine, toute tendue, comme dardée, son cou long étiré vers lui. J'étais sur le trottoir d'en face, j'ai ralenti le pas, on ne voyait qu'eux, lui immense et gesticulant, elle jaune de cheveux et noyée dans son blouson d'homme en gros cuir vert et dur; brusquement, elle a ri, elle est partie dans son rire irrésistible, comme on glisse ou comme on danse, et il l'a suivie.

Longtemps j'ai eu la tentation de Marseille; pas tout de suite, pas en septembre ni en octobre 1985, quand j'allais au travail comme un automate, en service commandé, détachée de moi-même, et rentrais ensuite à l'appartement où j'attendais, incrédule le premier soir, les premiers jours, assommée ensuite, privée de réaction, et sans colère; je restais assise, sans allumer la lumière, ni lire, ni regarder la télé, je me lavais les mains, souvent, longuement, je mangeais des fruits, du raisin, des pêches de vigne, des bananes, et des yaourts au soja qui laissaient dans la bouche un goût crayeux et me donnaient une nausée légère. Je faisais le minimum, courses, lessive, vaisselle, ménage, repassage, toilette, soins du corps, le téléphone à Saint-Hilaire deux fois par semaine, je ne voulais pas que l'on me pose de questions, que l'on s'apitoie, que l'on s'indigne, que des amis cherchent à le joindre, à le retrouver, à le convoquer; d'ailleurs nous nous suffisions, du moins il me suffisait, et nous avions peu d'amis, une poignée de couples qui, à ce moment de l'année, étaient aux prises avec les rentrées scolaires des enfants et autres passages obligés du début de l'automne. Plus tard, quand ils ont su, ils ont voulu me voir, m'entourer, me faire réagir et entreprendre des recherches, au moins auprès de l'hôpital, pour savoir s'il avait démissionné, ou demandé un congé, une mutation, et quand ces démarches éventuelles avaient été faites, avant nos vacances, en juin, ou fin août, de façon inopinée; ils disaient que ça changeait tout, ils parlaient de préméditation, ils voulaient remplir mon silence et ne comprenaient pas, n'ont pas compris quand je leur ai dit qu'ils n'avaient pas le droit de faire ça, que l'on n'avait pas le droit d'empiéter ainsi sur la vie des autres, Karim n'avait pas à comparaître, il n'était pas accusé et je n'étais pas victime; nous n'avions pas d'enfants, nous n'étions pas mariés, nous ne possédions à peu près rien en commun, c'était simple, c'était clos, la perfusion était arrachée. Ils se révoltaient, quelque chose leur échappait, leur donnait le vertige, faisait peur, je leur faisais peur, je les ai laissés se décourager, se taire, disparaître peu à peu de mon paysage, s'effacer. Un hiver de sidération est passé, a coulé sur les choses, jour après jour; en mars les jumelles d'Isabelle et Laurent sont nées et, pendant deux ans, jusqu'à leur départ pour Verrières, je me suis greffée sur cette maisonnée nombreuse, animée, joyeuse, où il y avait tant à faire, et sans paroles, parce qu'Isabelle savait se taire et que Laurent n'était au courant de rien. Ensuite j'ai compris que je ne devais pas rester dans mes plis, dans nos plis ; j'ai cherché et acheté un appartement, quitté le quatorzième pour le douzième, la porte d'Orléans pour le square Courteline, inventé un autre terrier, un autre terrain, crevé l'abcès des affaires de Karim, que j'ai données ou jetées ; il en avait peu, je n'ai pas fouillé, pas flairé, pas fureté, pas trié, je pouvais à peine toucher les grands sacs à fermeture éclair, des sacs écossais, rectangulaires, en plastique sonore et solide, qui restent pour moi, depuis tout ce temps, liés à ces années, à cette explosion en plein vol. J'ai eu la tentation de Marseille quand j'ai appris, quatre ans plus tard, par l'un de ses anciens collègues de travail rencontré par hasard dans le métro, que Karim vivait à Marseille et venait d'avoir un fils ; l'homme a insisté, un fils, et puis s'est tu, gêné, comme s'il regrettait soudain d'avoir trop parlé. Nous n'avions pas voulu d'enfant, la question n'avait pas fait débat, ni été douloureuse, nous ne planterions pas d'enfant, métis de surcroît, ça sifflait entre les dents de Karim, dans le monde, dans ce monde.

Madame Jaladis m'a légué son Saint-Esprit ; son fils a employé ce verbe solennel, léguer, il a dit que sa mère y tenait, au mot et à la chose. Il m'avait laissé dans la boîte aux lettres un message, avec son numéro de téléphone, me demandant quel jour et à quel moment il pouvait passer. Je lui ai proposé de prendre le café, en début d'après-midi, le samedi suivant, c'est un rituel que nous avions instauré, sa mère et moi, depuis quelques années, une semaine sur deux, tantôt chez elle, tantôt chez moi. Il le savait, elle lui avait vanté mes sablés à l'orange et la flambée que j'allumais pour elle, dès le début d'octobre et jusqu'en avril ou mai selon les rigueurs du climat, dans la coquette cheminée de mon appartement en tous points semblable au sien, à cette notable exception de la cheminée fonctionnelle, elle précisait fonctionnelle comme sur le descriptif des annonces immobilières ; son fils me l'a rappelé, et j'ai remarqué qu'en parlant de l'immeuble il dit volontiers, comme elle, la maison, avec la même inflexion, attentionnée et vigilante, presque tendre. Le Saint-Esprit est un bijou traditionnel auvergnat, apanage des familles cossues, qui le transmettaient de mère en fille aînée ; Madame Jaladis n'avait pas reçu le sien en héritage, elle l'avait acheté, pour son cinquantième anniversaire, elle se l'était offert, comme une consolation et une récompense, parce qu'on n'avait jamais eu de Saint-Esprit dans sa famille et parce que, son fils commençant à très bien gagner sa vie, elle pouvait se sentir un peu rassurée, un peu tranquille, un peu plus à l'aise ; d'où cette dépense du Saint-Esprit. Je connaissais le bijou, elle m'avait expliqué de quoi il retournait en me montrant une photo prise en Auvergne, à Saint-Amandin, l'été de ses quatre-vingt-dix ans ; elle était la doyenne de la famille, ses deux frères cadets et leurs épouses n'ayant pas passé la barre des quatre-vingt-cinq, elle employait cette expression ; même si les femmes sont plus solides, et plus raisonnables aussi, ses belles-sœurs n'avaient pas eu des vies faciles avec des hommes pareils, jamais elle n'aurait pu supporter des maris comme ceux-là, le sien, heureusement, n'avait pas eu ces défauts, mais il était parti trop jeune. On ne savait pas au juste quels étaient ces défauts mais je comprenais qu'il eût été saugrenu de poser la question. Ses neveux et nièces étaient très bien, très dégourdis, et gentils ; ils avaient organisé pour elle un beau repas, au restaurant, à Riom, ils avaient tout combiné, c'était une surprise, et une fête magnifique, son fils était venu. Ils avaient bien fait, ensuite elle n'était plus retournée au village, elle n'y retournerait plus, cette fois aurait été la dernière, avant le cimetière, où tout était prêt. Elle le disait en levant le menton, et rangeait la photo dans le deuxième tiroir du petit meuble de l'entrée où elle gardait aussi l'annuaire de l'année en cours, un carnet d'adresses en moleskine bordeaux et tout son nécessaire à courrier. On se donnait des nouvelles au téléphone, régulièrement, mais les neveux ne montaient pas jusqu'à Paris, et se déplacer était devenu trop difficile, trop fatigant pour elle, il ne fallait pas tenter le diable, en dépit de sa bonne santé, et, à son âge, elle n'était vraiment bien que chez elle, même si ses neveux et nièces, et leurs enfants, et petits-enfants, six déjà, étaient adorables, elle prononçait adorables en détachant chaque syllabe, avec ferveur et gravité. Le Saint-Esprit est dans son écrin d'origine, un boîtier carré, tendu de cuir bleu marine et capitonné de satin noir ; il repose ; c'est un pendentif en forme de colombe dont les ailes ouvertes sont incrustées d'émaux et de pierres d'Auvergne. Sur le couvercle, gravé en fines lettres d'argent, on lit Roumec, Riom-ès-Montagnes. Jean-Jacques Jaladis a ajouté que sa mère avait aussi acheté pour lui, chez Roumec, en 1955, sa première montre, offerte pour la communion solennelle, et en 1964 la montre en or de ses vingt ans. Il a de grandes mains presque ligneuses, les yeux noirs, et d'étonnants cils de fille, fournis et recourbés, Madame Jaladis disait qu'il tenait de son père pour le physique et d'elle pour tout le reste. Il sent le vétiver ; quand il s'est penché sur l'écrin que j'avais ouvert, j'ai respiré son parfum.

Horacio Fortunato aurait été un excellent père, un père majuscule, un père incommensurable, inoubliable, irrémédiable, indépassable, insubmersible ; ses trésors de menues et constantes attentions, d'affection sans faille, d'amour organique, de patience angélique, d'autorité bienveillante, de fermeté rassurante, ses réserves d'inquiétudes térébrantes et d'angoisses lancinantes ne seront pas dépensés, ne l'auront pas été, resteront entassés en monceaux serrés dans les dédales feutrés de ses entrepôts intérieurs, redeviendront poussière, ou pourriront sous sa peau, tourneront à l'aigre et, lentement, empoisonneront ce qui lui reste de vie, les jours les semaines les mois les années. Horacio Fortunato aurait aimé par-dessus tout aller attendre ses filles à la sortie de l'école, ou faire les courses avec elles dans le quartier, ou s'occuper de leurs devoirs, des lessives, des repas, des fêtes d'anniversaire, des visites chez le pédiatre et l'orthodontiste, des achats de fournitures scolaires pour la rentrée ou d'un vêtement chaud pour l'hiver ou de bottines à la mode ou d'une housse de couette à carreaux vert et bleu. Il aurait volontiers installé de nouvelles étagères et une applique supplémentaire, rose pour l'une, orange pour l'autre, dans leurs chambres dont il aurait régulièrement renouvelé les papiers peints et repeint les plafonds. Il aurait aimé toutes ces choses infimes, un peu ennuyeuses, parfois douces, et répétées, tenaces, sempiternelles. Il aurait eu deux filles, très proches en âge, il n'aurait pas divorcé, même après avoir cessé d'aimer et de désirer la mère de ses enfants, il serait resté avec elle, pour les enfants, parce qu'il ne voulait pas être un père du dimanche ni vivre dans le manque de ses filles ni imaginer une seule seconde auprès d'elles la présence quotidienne d'un autre homme, compagnon ou deuxième mari de leur mère; il aurait eu deux ou trois brèves passades de corps, mais cette femme, au fond, lui convenait, lui suffisait, lui allait bien, comme on le dit d'un vêtement de bonne qualité dont on a l'habitude; elle était raisonnable, sérieuse, terne, courte, fiable, dénuée d'imagination, piètre ménagère et cuisinière passable, peu loquace en fin de journée, grosse travailleuse entichée de son métier, la vente de matériel de cuisine pour les collectivités, et elle lui aurait laissé le champ presque entièrement libre auprès de leurs filles, ne réclamant pour elle que le domaine de la coiffure, une vocation rentrée, et de l'éducation religieuse. Que deviendra Horacio Fortunato après la mort de son vieux père, à qui pensera-t-il dans les transports en commun, sur qui se penchera-t-il, qui touchera-t-il, pour qui choisira-t-il des produits ménagers de bonne qualité et des viandes blanches faciles à digérer, pour qui passera-t-il à la pharmacie, qui l'espérera, qui comptera sur lui pour changer l'ampoule des toilettes ou réparer la poignée du placard à chaussures et arroser les orchidées et s'occuper du caveau au cimetière de Bagneux et faire venir la coiffeuse à domicile et changer la pile de la télécommande de la nouvelle télévision. Qui, après la mort de son vieux père, pensera à Horacio Fortunato plusieurs fois par jour.

Huit ans après mon arrivée dans l'immeuble, et pendant seize mois, de septembre 1998 à fin décembre 1999, j'ai eu, au troisième étage, de l'autre côté de la rue, très exactement en face des fenêtres de ma cuisine et de ma chambre, un voisin qui se montrait nu. Il y a un mot pour ça, exhibitionniste, un long mot hérissé qui ne va pas avec cet homme. Madame Jaladis le voyait aussi, elle m'en a parlé plusieurs fois, avec une douceur têtue, elle avait pitié, elle secouait la tête et ne me regardait pas tout à fait, elle avait l'air de chercher à l'intérieur d'elle-même ; il doit lui manquer quelque chose à ce garçon, qu'est-ce qui lui manque, et il a une femme pourtant, une femme jeune comme lui, ils sont jeunes, ils sont musiciens, on les voit qui font de la musique à plusieurs certains soirs, de la musique classique, elle avait repéré les jours, chaque mardi et chaque jeudi, au moins deux fois par semaine, parfois davantage, peut-être avant les concerts, pour répéter, ils doivent donner des concerts, ça n'est pas facile pour les jeunes de percer dans ces milieux, de gagner sa vie, mon fils me le dit, il aime le piano il a même pris des leçons pour apprendre il sait comment ça se passe, ils sont peut-être professeurs aussi, d'autres personnes viennent, deux hommes, lui joue du violon, ensuite ils mangent dans la cuisine, et elle fume à la fenêtre, la femme fume, elle installe un petit cendrier sur le rebord, elle ne jette pas les cendres dans la rue, ça se termine tard, au moins minuit ou une heure. Dans son sommeil, qu'elle attendait tranquillement, qui finissait toujours par venir, elle avait cette grande chance, elle le reconnaissait, en septembre et octobre, en mai ou juin de ces deux années-là, 1998 et 1999, quand elle fermait seulement les volets mais laissait la fenêtre entrebâillée à l'espagnolette, Madame Jaladis avait entendu le rire de la femme. Elle disait la femme, mais lui était le garçon, ou ce garçon, pas l'homme. Un homme ne fait pas ça madame Santoire, elle se taisait et plantait ses yeux dans les miens, ses mains s'appliquaient à lisser le tissu de sa jupe sur ses genoux. Elle répétait, un homme ne fait pas ça. Elle n'en parlait pas à son fils ; elle pouvait se renseigner, auprès des gardiennes et femmes de ménage du quartier qui se connaissaient et savaient tout sur tout le monde, ou finissaient, ou finiraient par savoir, il suffisait de leur mettre la puce à l'oreille. Elle pouvait se renseigner, elle aurait pu, elle ne l'avait pas fait, on n'en avait pas su davantage. L'homme se masturbait, ça durait longtemps, il se montrait jusqu'à mi-cuisse dans le rectangle étroit de la fenêtre de la salle de bains qu'il ouvrait en grand, derrière lui sur la droite, au-dessus de sa tête, on devinait un ballon d'eau chaude fixé sur le mur peint en bleu. Sa main gauche pendait sur sa hanche, comme morte, tandis que la droite s'activait, mécanique et blanche sur la hampe gonflée. Ce mot de hampe m'était venu la première fois, je ne sais pas d'où il remontait. Son corps mince et glabre restait parfaitement immobile, il relevait le menton, son cou se tendait un peu. Je crois qu'il fermait les yeux mais je n'en suis pas tout à fait certaine et je ne l'aurais pas reconnu si je l'avais croisé dans la rue ou chez le boulanger. Il le faisait la nuit, après onze heures ; je ne peux pas savoir s'il le faisait aussi quand je n'étais pas chez moi et il ne l'a jamais fait quand je n'y étais pas seule. Je ne le regardais pas, je ne voyais que lui, je le savais mais ne le regardais pas et continuais à vaquer dans mon appartement. Je ne changeais rien. Je n'installerais pas de rideau dans la cuisine. La femme qui vivait avec lui était là, de l'autre côté de la cloison, couchée, endormie peut-être ; parfois même je la devinais, au fond à gauche de la pièce voisine, un salon, leur salon de musique, son profil penché dans le rond d'une lampe haute et jaune. Elle est partie le 2 janvier 2000, elle a déménagé, un homme et une femme de mon âge, qui auraient pu être ses parents, sont venus avec un grand break gris immatriculé dans le Calvados ; Madame Jaladis connaissait ses départements, elle l'a vu et me l'a dit. Ils ont emporté des paquets et de petits meubles, un fauteuil bleu, la lampe. Il est resté jusqu'au printemps. Très vite il y a eu une autre femme qui jouait du violon avec lui. Il ne l'a plus fait. Ensuite, à la fin de mai, il n'a plus été là. Plus tard, bien plus tard, j'ai pensé au corps du Christ à cause de la ligne des épaules et de la peau très blanche, lisse.

En 2002, au mois de juillet, j'ai passé trois semaines seule avec mon père à Saint-Hilaire, pendant le dernier été de sa vie. J'ai baigné dans sa paix tapissée de menus gestes, de rituels infimes que j'ai veillé à ne pas déranger. Je l'entendais se lever à sept heures et arroser les quatre pots de pétunias violets veinés de blanc qui rutilaient, plantureux et pimpants, sur les larges rebords cimentés des fenêtres du rez-de-chaussée. Il avait renoncé au jardin parfait dont ma mère et lui, dûment secondés par Denis et Babeth, experts en questions potagères, s'étaient entichés dès leurs premiers mois de retraite. J'avais aimé cette vivace chronique des légumes increvables qui, pendant plus de vingt ans, entre avril et octobre, avait ponctué nos conversations téléphoniques du mercredi et du dimanche, les haricots seraient beaux, le persil faisait des caprices, cette année on allait essayer la reine des glaces la reine des salades qui ne tente rien n'a rien, les tomates seront prêtes quand tu viendras, les petits pois fondent dans la bouche rien à voir avec les conserves même les meilleures on est bien placés pour le savoir. Mon père n'avait pas de grandes douleurs, il s'amenuisait, il n'était pas triste ; ses yeux riaient quand il me parlait des trois enfants de ses nouveaux voisins, deux garçons et une fille plus jeune mais c'est elle qui gouverne ça se voit tout de suite c'est quelqu'un cette Julie elle a un de ces tempéraments elle me fait un peu penser à ta mère d'ailleurs son deuxième prénom c'est Suzanne et elle le préfère au premier ; il les entendait jouer dans la cour de derrière et les voyait passer en vélo ou quand ils partaient à l'école et en revenaient, les enfants faisaient de grands signes et criaient son prénom. Il se régalait aussi des visites de Babeth, la femme de Denis, avec qui il avait toujours été en grande affinité et confiance, elle venait de Moulins quasiment un jour sur deux, plus souvent sans Denis qu'avec lui, elle n'avait plus ses propres parents et dorlotait son beau-père, le chouchoutait, le gâtait même, il en convenait et se laissait faire ; elle lui amenait les petits quand elle les gardait pendant les vacances, bouclait avec lui les grilles de mots croisés les plus retorses et lui lisait le journal, les nouvelles locales exclusivement, pour le reste il s'arrangeait très bien tout seul mais Babeth était née à Saint-Hilaire, avait été assistante sociale dans le secteur pendant quarante ans et connaissait tout le monde, dates de naissance et liens de parenté inclus, elle s'intéressait aux personnes sans dire du mal ni cancaner, c'était la hantise de mon père, et celle de ma mère, au point que *le cancan tue le commerce et les gens* avait été pour eux une sorte de devise qu'ils répétaient volontiers et avaient affichée dans le magasin. La veille de mon départ, au détour d'une conversation au sujet des Demy, de la façon dont ce nom s'éteignait, se perdait, mon père a parlé brièvement de la guerre ; la dernière fois qu'il avait vu Georges Demy, en 1997, à Nevers, sur un lit d'hôpital où il se remettait mal d'une lourde opération aux reins, ils s'étaient avoué un seul vrai regret partagé, celui de n'avoir pas su se montrer à la hauteur de la situation en se rendant utiles aux gens traqués comme des rats, les mains de mon père s'étaient nouées sur ses cuisses, il avait répété, comme des rats, alors qu'ils avaient eu la chance, eux, Georges et lui, d'échapper à une longue captivité en Allemagne, et que la ligne de démarcation passait à l'autre bout du canton. Babeth et moi n'avions rien demandé ni ajouté. Mon père vaquait doucement, glissait dans la maison amicale et hospitalière, et me disait, on peut pas être et avoir été, ou je suis assez vieux pour faire un mort, ou j'ai fait plus que mon temps, ou chaque jour qui passe me rapproche de ta mère.

Pour la deuxième fois hier, j'ai vu Gordana sortir de l'habitacle de sa caisse, se lever s'extraire marcher. Personne ne le lui a demandé, elle a jailli, véloce, souple, le front buté et la blouse ouverte. Elle s'est accroupie, ses bras, ses grandes mains ont balayé l'espace autour d'elle, au ras du sol, rassemblant les pièces éparses de la cliente dont le porte-monnaie venait de se répandre bruyamment sur le carrelage du rayon fruits et légumes. Cette cliente est très empêchée, pour se pencher et pour ramasser des pièces, elle est sur le point d'accoucher et porte des gants de velours noir. Son beau visage blanc, presque enfantin, rond, ses yeux verts, ses longs cils dorés, les perles de ses dents brillantes, le rose de sa bouche éclatent en bouquet de couleurs dans le drapé sépulcral du vêtement qui l'engloutit et avale ses cheveux, ses oreilles, sa nuque, son cou, ses poignets, ses mains, ses chevilles, ses pieds et tout son corps que l'on devine félin et dansant en dépit du ventre phénoménal. Je l'ai déjà croisée deux fois, à la poste et au laboratoire d'analyses, on ne l'oublie pas, on ne peut pas ne pas la voir, les gens parlent, ça fait parler une apparition pareille. Elle a presque l'air d'être déguisée, à cause des gants sans doute, et du contraste entre les mains gainées de velours et toute la lumière qui, en dépit de ou grâce à la guimpe noire, ruisselle du regard, des dents, de la peau nacrée. Les gens disent qu'elle vient du Lot, de Cahors, elle est arrivée à l'automne avec son mari, un vrai barbu qui parle anglais et a l'air beaucoup plus vieux, ils ont emménagé square Courteline dans un bel immeuble où sa famille à elle possède plusieurs appartements, ils étudient, ils seraient étudiants ; vous vous rendez compte, pour les parents, pour la famille, ce que ça doit être, une fille comme ça, et si jeune, convertie, enceinte. Depuis que je suis à la retraite, je me rends compte que, dans certains quartiers de Paris, dont le mien, ceux qui en ont le temps vivent encore comme ils le feraient dans une petite ville ou un gros bourg, ils dissèquent la vie des autres, ou la dépècent, la commentent, la triturent, et inventent ce qu'ils ne savent pas ; les commerces de bouche, les marchés ou la pharmacie sont propices à l'exercice ; j'entends des bribes, je recouds des morceaux ; les personnes, toujours les mêmes, une poignée, et surtout des femmes, se tiennent debout, elles sont deux ou trois et lancent de fortes paroles en imprimant à leurs têtes bien coiffées d'imperceptibles secousses ; leurs chaussures sont confortables et lustrées, leurs manteaux sont beiges, gris, ou marron, plus rarement bordeaux, vert bouteille ou bleu marine, et elles sont toujours vêtues avec soin mais sans ostentation. J'ai entendu l'accent chantant de la jeune femme, et sa voix, fraîche, fluide, quand elle a remercié Gordana, avec vivacité et chaleur, et une parfaite aisance, comme si elle ne sentait pas tous les regards vissés sur elle, plantés dans son ventre, sur sa nuque, dans son dos. J'entrais dans le magasin, les pièces sont tombées, ont roulé sur le sol, les clients se sont figés. Gordana a surgi derrière moi, et tout est allé très vite ; ensuite elle a regagné sa caisse, d'un bond presque sauvage, le visage fendu d'un sourire féroce, et l'apparition a mis le cap sur le rayon des laitages, souveraine, impavide, cinglant au large des armoires réfrigérées, flanquée d'un élégant caddie violet profilé comme un bagage de luxe d'où dépassait un toupet de poireaux.

Depuis plus de vingt ans, je chante dans un chœur. J'ai rencontré là mes amis les plus proches, les solides, ceux qui sont entrés dans ma vie après Karim et n'en sont plus ressortis, même si deux sont déjà morts, on vit avec ses morts, j'apprends ça, j'ai appris, ça n'est pas seulement triste, c'est aussi très doux, très enveloppant. Mes amis ne sont pas célibataires, ce sont des couples historiques qui ont élevé des enfants, ont traversé des orages, se sont occupés, s'occupent de leurs parents âgés, sont propriétaires de leur appartement à Paris et ont hérité d'une maison de famille, ou l'ont achetée, et restaurée, réinventée, en

Ariège, dans la Drôme, dans le Cher ou dans les Ardennes ; ils m'y invitent et j'y vais volontiers, et nous partons aussi ensemble, une ou deux fois par an, passer quelques jours, voire une semaine, dans une grande ville, Londres, Lisbonne, Barcelone, Vienne, Istanbul, Berlin ou Saint-Pétersbourg, je m'occupe de toutes les réservations, je compare, je propose, j'organise, on me fait confiance. Le chœur était une idée d'Isabelle qui avait commencé à chanter à Guéret dans son pensionnat religieux et continué à Paris jusqu'à la naissance des jumelles. Elle avait une voix d'alto dont je me souviens encore aujourd'hui très précisément, il me semble l'entendre, l'avoir dans l'oreille et comme infusée sous la peau ; elle n'aimait que la musique sacrée et endormait les enfants avec Haendel ou Bach, elle se tenait debout au milieu de la petite chambre de la rue Focillon et officiait dans la pénombre bleutée de la veilleuse ronde. Je restais en retrait, adossée au mur du couloir, arrachée au temps, enfoncée au-delà de moi-même, bercée, retournée. Plusieurs fois au parloir, quand elle était encore à Fleury-Mérogis, elle m'a dit que le plus difficile, en prison, c'était le manque des enfants et de ne pas pouvoir chanter, les deux ensemble, ça va ensemble, elle répétait ces trois mots sans me regarder et nous sentions, l'une et l'autre, que nous aurions pu pleurer mais nous ne le faisions pas, il ne fallait pas, les digues auraient craqué, nous ne l'avons pas fait, jamais. Isabelle disait que le chant réparait, et consolait de tout parce qu'il montait du ventre pour se mélanger à l'air, à la lumière, à d'autres voix, à la musique ; elle disait que le chant inventait de la joie. Elle avait eu les mots justes puisque, après mon déménagement, j'ai cherché un chœur dans le douzième, l'ai trouvé, et m'y suis tenue de façon très mécanique, routinière, appliquée, avant d'arriver d'abord au plaisir, ensuite à la joie. Isabelle ne savait pas lire une partition et n'écoutait pas de musique à la maison mais le velours nu de ses berceuses sacrées est ce qui d'elle demeure en moi le plus vivace après toutes ces années. J'en parle parfois avec ses filles, elles ont eu une éducation musicale et jouent du piano, elles ont continué, elles continuent, par l'instrument, mais elles ne chantent pas, elles ne peuvent pas, c'est trop nu, trop écorché.

Mes frères, surtout les jumeaux, auraient voulu rencontrer Karim. Ils ont insisté, pendant quelques années, avant de se décourager, et de renoncer à comprendre pourquoi je résistais. Je ne le savais pas très bien moi-même.

Karim me laissait faire, il ne me posait pas de questions, nous ne parlions pas de nos familles, nous n'en avions pas besoin. Il en eût usé avec mes frères comme à son habitude, il aurait su trouver les mots, les gestes, se placer à la bonne distance, je n'étais pas inquiète de ça ; mes frères seraient repartis contents, et rassurés, ils avaient peut-être peur, eux aussi, parce que Karim était arabe, et plus précisément né en Algérie, même s'il avait la nationalité française et un vrai métier stable à Paris. Au début ils m'avaient posé des questions, j'avais répondu, et nous avions même ri ensemble de notre père qui me voyait déjà arrachée à la France, broyée, empaquetée de voiles, accablée d'enfants trop nombreux, asservie au bled et en butte aux vexations d'une belle-mère toute-puissante ; mes frères appelaient ça son film, il se fait son film, une vraie série, on sait où il va chercher tous ces détails, le monde a changé depuis la guerre d'Algérie, il faut mettre les pendules à l'heure. Les jumeaux se disputaient avec lui et plaidaient ma cause à la fin des repas de famille quand ils restaient entre hommes dans la fumée têtue des petits cigares que mon père extrayait pour eux de sa boîte dite de Cuba, une boîte rectangulaire, au couvercle bombé, en bois lisse et presque rouge ; je l'ai gardée, pour son odeur, définitive et douce, dont sont comme vêtus et hantés, habités, mon passeport, mon permis de conduire et les cartes d'électeur que j'y conserve. Mes trois belles-sœurs et Denis ne plaidaient pas, ils préféraient battre en retraite et s'affairer avec ma mère à la cuisine ou auprès des enfants qu'il fallait coucher pour la sieste ; on ne transigeait pas sur la sieste, ni sur la politesse, ni sur les manières de table, on pensait à l'avenir, on munissait ses descendants du viatique indispensable pour partir dans le monde et y trouver place, on voyait loin, l'horizon était ouvert, on allait de l'avant. Je crois aujourd'hui que, pour ma mère, mon père, pour mes frères aussi, ma vie avec Karim était indéchiffrable et affolante à force d'être suspendue dans le présent, dans le rien, sans autre perspective que le temps partagé au jour le jour, mois après mois, saison après saison, année après année. Ma vie passait allait passer passerait, et je n'aurais rien construit qui vaille, pas de maison, et pas de famille, surtout pas de famille. Grand-mère Lucie disait faire maison, et le mot rassemblait, ramassait tout ce qui valait d'être, ce pour quoi on était là, plantés là, nous les humains, les hommes, les femmes. Avec un homme comme celui-là je ne ferais pas maison, ça ne se pouvait pas, ils le croyaient, de toute leur peau, et c'était une douleur. On s'est arrangés, eux et moi, nous tous ; mes frères ont senti que je ne leur donnerais pas accès, que je ne le pouvais pas, ou ne le voulais pas, ou les deux à la fois, rien n'a été démêlé, le temps a coulé sur tout ça et une sorte de paix, presque douce, s'est inventée. On a vu que je ne dépérissais pas, que l'on ne me perdait pas, je n'abandonnais pas mon travail, je continuais à mettre de l'argent de côté, je n'ouvrais pas de compte joint, et je n'oubliais pas les dates des anniversaires.

Depuis deux semaines Gordana n'est plus là. J'ai d'abord pensé qu'elle était repartie au pays pour des vacances ; j'ai pensé aux retrouvailles avec ce fils qui grandit, qui grandirait, neuf ans, bientôt dix ; le corps du fils s'allonge et quitte l'enfance, on aurait de moins en moins avec lui le recours chaud du câlin muet, serré, serré, les yeux fermés, comme si ça ne devait jamais finir. On ne saurait pas que dire et ils en diraient le moins possible, lui et elle. Il échappe, les tantes et la grand-mère racontent, il est comme sa mère, comme elle, Gordana, impossible, sauvage, très indépendant, il court partout dans le quartier avec les autres gamins et c'est difficile de se faire obéir, il a toujours un pied en l'air et ne se tient tranquille à l'école que s'il a un maître, avec une maîtresse, surtout si elle est jeune, c'est perdu d'avance, c'est dommage, parce qu'il apprend bien quand il veut, il comprend tout très vite mais ne s'applique pas, ne se pose pas, c'est la maladie des enfants d'aujourd'hui, c'est à cause des écrans, des jeux vidéo, c'est leur vie, on ne peut pas les suivre, on le pourra de moins en moins. Les deux tantes secouent leurs têtes fatiguées, les tantes sont fatiguées, la grand-mère aussi. On a du mal à parler vraiment avec Gordana, on est content de la voir, mais avec elle tout a toujours été compliqué, elle aurait voulu prendre l'enfant, mais ça ne se fait pas, même ceux qui partent en couple ne le font pas, du moins au début, alors elle, dans sa situation, seule, sans père pour l'enfant, et avec sa patte folle. Gordana apporte des cadeaux, elle les choisit bien, elle devine ce qui fera plaisir, des jeux pour le garçon, et des vêtements, pour tout le monde, comme on ne sait pas en trouver ici, même si les choses ont beaucoup changé, il y a du choix dans les magasins, peut-être pas tout à fait comme en France mais pas loin, mais c'est trop cher, ça donne envie mais on ne peut pas, on n'a pas les moyens, pour les jeunes c'est terrible. Gordana comprend ce dont on a besoin, et surtout elle envoie bien l'argent, chaque mois, elle ne manque jamais, elle est solide. Ce matin je me suis arrangée pour passer à la caisse juste derrière Horacio Fortunato, il a osé, il s'est penché, il a demandé, je n'ai pas entendu ce qu'il a dit exactement, il savait peut-être que j'étais là, il m'a sans doute repérée lui aussi depuis tout ce temps, plus d'un an, un an et quatre mois presque jour pour jour que je suis à la retraite, et huit mois que nous savons pour le pied de Gordana, je me souviens que c'était la veille de la mort de Madame Jaladis. Les travaux de l'appartement sont terminés, Jean-Jacques m'a montré, il a préféré attendre que tout soit impeccable pour me faire visiter, il voulait que je voie les lieux vides, ses meubles arrivent la semaine prochaine, il n'a gardé de sa mère que de la belle vaisselle, dont elle avait le goût et presque la manie, du linge de table damassé, la commode pansue du petit salon, un curieux guéridon ovale, et quatre chaises paillées, blondes, lustrées, qui viennent de Saint-Amandin, de l'église, le curé les avait vendues pour faire installer des bancs modernes et les chaises étaient restées dans les familles, Madame Jaladis y tenait beaucoup, elle les appelait ses reliques auvergnates et Jean-Jacques aussi ; il dit les reliques de ma mère, jamais de maman, il n'emploie pas le mot maman. Il ne parle pas beaucoup d'elle, il est en paix avec ses morts et confiant pour le temps ouvert qui reste à vivre, elle serait contente de voir l'appartement dans cet état, et de nous savoir accordés, les deux; il rit, il rit volontiers; accordés me va bien et fait image; on s'élargit, on s'apprivoise. Je n'ai pas entendu la question posée par Horacio Fortunato mais la réponse a fusé, d'un seul jet, pimpante et claironnée sur un ton quasiment triomphal par la caissière ronde et brune désormais vissée en caisse huit, elle reviendra pas Gordana elle a quitté elle est partie.

Gordana est un prénom de femme rêche et jaune, et c'est aussi le titre d'une longue nouvelle que j'ai publiée au printemps 2012 aux Éditions du Chemin de Fer.

J'ai toujours plus ou moins senti que *Gordana* était un départ de pistes et donc, peut-être, un début de roman.

Nos vies est ce roman.

DU MÊME AUTEUR

Aux Éditions Buchet-Chastel

LE SOIR DU CHIEN, 2001 (Points, 2003). Prix Renaudot des lycéens 2001.

LITURGIE, 2002.

SUR LA PHOTO, 2003 (Points, 2005).

MO, 2005.

ORGANES, 2006.

LES DERNIERS INDIENS, 2008 (Folio n° 4945).

L'ANNONCE, 2009 (Folio n° 5222). Prix Page des libraires 2010.

LES PAYS, 2012 (Folio n° 5808).

ALBUM, 2012.

JOSEPH, 2014 (Folio n° 6076).

HISTOIRES, 2015.

NOS VIES, 2017 (Folio n° 6645).

Chez d'autres éditeurs

MA CRÉATURE IS WONDERFUL, *Filigranes*, 2004. Avec Bernard Molins.

LA MAISON SANTOIRE, *Bleu autour*, 2007.

L'AIR DU TEMPS, *Husson*, 2007. Avec Béatrice Ropers.

GORDANA, *Le chemin de fer*, 2012. Avec Nihâl Martli.

TRAVERSÉE, *Créaphis*, 2013 puis *Guérin*, 2015.

CHANTIERS, *Éditions des Busclats*, 2015.

MILLET, PLEINS ET DÉLIÉS, *Invenit*, 2017.

LE PAYS D'EN HAUT, *Arthaud*, 2019. Avec Fabrice Lardeau.

COLLECTION FOLIO

Dernières parutions

6876. Kazuo Ishiguro — *2 nouvelles musicales*
6877. Collectif — *Fioretti. Légendes de saint François d'Assise*
6878. Herta Müller — *La convocation*
6879. Giosuè Calaciura — *Borgo Vecchio*
6880. Marc Dugain — *Intérieur jour*
6881. Marc Dugain — *Transparence*
6882. Elena Ferrante — *Frantumaglia. L'écriture et ma vie*
6883. Lilia Hassaine — *L'œil du paon*
6884. Jon McGregor — *Réservoir 13*
6885. Caroline Lamarche — *Nous sommes à la lisière*
6886. Isabelle Sorente — *Le complexe de la sorcière*
6887. Karine Tuil — *Les choses humaines*
6888. Ovide — *Pénélope à Ulysse et autres lettres d'amour de grandes héroïnes antiques*
6889. Louis Pergaud — *La tragique aventure de Goupil et autres contes animaliers*
6890. Rainer Maria Rilke — *Notes sur la mélodie des choses et autres textes*
6891. George Orwell — *Mil neuf cent quatre-vingt-quatre*
6892. Jacques Casanova — *Histoire de ma vie*
6893. Santiago H. Amigorena — *Le ghetto intérieur*
6894. Dominique Barbéris — *Un dimanche à Ville-d'Avray*
6895. Alessandro Baricco — *The Game*
6896. Joffrine Donnadieu — *Une histoire de France*
6897. Marie Nimier — *Les confidences*
6898. Sylvain Ouillon — *Les jours*
6899. Ludmila Oulitskaïa — *Médée et ses enfants*

6900.	Antoine Wauters	*Pense aux pierres sous tes pas*
6901.	Franz-Olivier Giesbert	*Le schmock*
6902.	Élisée Reclus	*La source* et autres histoires d'un ruisseau
6903.	Simone Weil	*Étude pour une déclaration des obligations envers l'être humain* et autres textes
6904.	Aurélien Bellanger	*Le continent de la douceur*
6905.	Jean-Philippe Blondel	*La grande escapade*
6906.	Astrid Éliard	*La dernière fois que j'ai vu Adèle*
6907.	Lian Hearn	*Shikanoko, livres I et II*
6908.	Lian Hearn	*Shikanoko, livres III et IV*
6909.	Roy Jacobsen	*Mer blanche*
6910.	Luc Lang	*La tentation*
6911.	Jean-Baptiste Naudet	*La blessure*
6912.	Erik Orsenna	*Briser en nous la mer gelée*
6913.	Sylvain Prudhomme	*Par les routes*
6914.	Vincent Raynaud	*Au tournant de la nuit*
6915.	Kazuki Sakuraba	*La légende des filles rouges*
6916.	Philippe Sollers	*Désir*
6917.	Charles Baudelaire	*De l'essence du rire* et autres textes
6918.	Marguerite Duras	*Madame Dodin*
6919.	Madame de Genlis	*Mademoiselle de Clermont*
6920.	Collectif	*La Commune des écrivains. Paris, 1871 : vivre et écrire l'insurrection*
6921.	Jonathan Coe	*Le cœur de l'Angleterre*
6922.	Yoann Barbereau	*Dans les geôles de Sibérie*
6923.	Raphaël Confiant	*Grand café Martinique*
6924.	Jérôme Garcin	*Le dernier hiver du Cid*
6925.	Arnaud de La Grange	*Le huitième soir*
6926.	Javier Marías	*Berta Isla*
6927.	Fiona Mozley	*Elmet*
6928.	Philip Pullman	*La Belle Sauvage. La trilogie de la Poussière, I*

6929.	Jean-Christophe Rufin	*Les trois femmes du Consul. Les énigmes d'Aurel le Consul*
6930.	Collectif	*Haikus de printemps et d'été*
6931.	Épicure	*Lettre à Ménécée et autres textes*
6932.	Marcel Proust	*Le Mystérieux Correspondant et autres nouvelles retrouvées*
6933.	Nelly Alard	*La vie que tu t'étais imaginée*
6934.	Sophie Chauveau	*La fabrique des pervers*
6935.	Cecil Scott Forester	*L'heureux retour*
6936.	Cecil Scott Forester	*Un vaisseau de ligne*
6937.	Cecil Scott Forester	*Pavillon haut*
6938.	Pam Jenoff	*La parade des enfants perdus*
6939.	Maylis de Kerangal	*Ni fleurs ni couronnes* suivi de *Sous la cendre*
6940.	Michèle Lesbre	*Rendez-vous à Parme*
6941.	Akira Mizubayashi	*Âme brisée*
6942.	Arto Paasilinna	*Adam & Eve*
6943.	Leïla Slimani	*Le pays des autres*
6944.	Zadie Smith	*Indices*
6945.	Cesare Pavese	*La plage*
6946.	Rabindranath Tagore	*À quatre voix*
6947.	Jean de La Fontaine	*Les Amours de Psyché et de Cupidon* précédé d'*Adonis* et du *Songe de Vaux*
6948.	Bartabas	*D'un cheval l'autre*
6949.	Tonino Benacquista	*Toutes les histoires d'amour ont été racontées, sauf une*
6950.	François Cavanna	*Crève, Ducon !*
6951.	René Frégni	*Dernier arrêt avant l'automne*
6952.	Violaine Huisman	*Rose désert*
6953.	Alexandre Labruffe	*Chroniques d'une station-service*
6954.	Franck Maubert	*Avec Bacon*
6955.	Claire Messud	*Avant le bouleversement du monde*
6956.	Olivier Rolin	*Extérieur monde*
6957.	Karina Sainz Borgo	*La fille de l'Espagnole*
6958.	Julie Wolkenstein	*Et toujours en été*
6959.	James Fenimore Cooper	*Le Corsaire Rouge*

*Tous les papiers utilisés pour les ouvrages
des collections Folio sont certifiés
et proviennent des forêts gérées durablement.*

*Composition : IGS-CP à L'Isle-d'Espagnac (16)
Impression Novoprint
à Barcelone, le 17 janvier 2022
Dépôt légal : janvier 2022
1ᵉʳ dépôt légal dans la collection : avril 2019*

ISBN : 978-2-07-278876-5 / Imprimé en Espagne

440142